# BUSCANDO ENTRE LAS TUMBAS

## Darío J. Borgeat

© Darío Javier Borgeat, 2015
Todos los derechos reservados.

Diseño de tapa: Carlos Bottero

ISBN 978-987-33-8590-2

Hecho el depósito que marca la ley 11.723 de Argentina

# ÍNDICE

Primera parte     Pg. 9

Segunda parte     Pg. 77

Epílogo           Pg. 217

Nota del autor     Pg. 221

"A mi gran amigo Nito"

Dios, perdóname por haberte
ignorado durante todo este
tiempo, y por favor ayúdame…
Te necesito más que nunca.

Gabriel

# PRIMERA PARTE

# I

Lágrimas caían sobre mis mejillas y se mezclaban con el sudor que brotaba de mi frente para deslizarse a través de mi rostro: con mi antebrazo izquierdo me secaba una y otra vez, mientras que con mi mano derecha sostenía la pala, de punta un tanto gastada, que había encontrado en el galpón de mi casa, la que había heredado de mis padres. Luego de unos segundos de descanso continuaba con la dura tarea de escarbar la tierra, que parecía asfalto debido a su sequedad, o tal vez la avejentada pala así lo hacía parecer.

Alguien me gritó desde en frente "¡mójala un poco!", refiriéndose a la tierra, para que esta se ablandase y resultara más sencillo penetrarla. No di importancia a tal sugerencia. Tampoco me di vuelta para ver a quién correspondía la voz. Poco me importaba apresurarme, al fin y al cabo, cuanto más tardase, más tiempo tendría para compartir con mi amigo, o al menos con lo que quedaba de él.

La tarde era soleada, lo que me provocaba mucho calor. El sol daba de lleno sobre mi cabeza, aunque para mí solo era una tarde gris, una de esas que uno quisiera olvidar. A mi alrededor todo era soledad. La invasiva tristeza no me permitía sentir otra cosa; después de todo, era a mi amigo y compañero de toda la vida a quien estaba enterrando: a mi gato llamado Rengo.

En un principio, cuando era bebé, había sido bautizado con el nombre de Pelusa, pero al poco tiempo había sido víctima de la gata de mi vecina, cuyo nombre no recuerdo. Un día, en un ataque de celos, se abalanzó sobre el pequeño Pelusa para

atacarlo. Le mordió la pata trasera izquierda con tal mala suerte para el pequeño que le dañó un tendón, lo que le dejó una secuela para toda su vida. De ahí en más, producto de su graciosa manera de caminar, lo rebautizamos "Rengo".

No era la única mascota que habíamos tenido en la familia; tampoco la primera que había fallecido. Entre ellas se encontraban también algunos perros, pero Rengo había sido el que más años había vivido junto a nosotros y, por lo tanto, la mascota con la cual más momentos teníamos compartidos. Lo había visto crecer, al igual que él lo había hecho conmigo. Veintidós años de convivencia son toda una vida para quien recibe a una mascota siendo un niño, y luego se despide de esta siendo ya una persona adulta. La etapa que más recordaba junto a él era la de mi adolescencia, quizás porque para ese entonces los dos lo éramos, y manteníamos así una sincronía especial. Si bien no podía llevarlo conmigo a la disco de moda de aquel momento, siempre estaba esperándome con ansias cuando regresaba por la mañana, como si quisiera que le contase cómo me había ido en la noche.

Todos esos recuerdos me entristecían aún más. Logré cavar cerca de un metro de profundidad, habiendo encontrado al fin tierra húmeda, cuando creí que ya era suficiente. Tomé en brazos a Rengo, que se encontraba envuelto en la sábana floreada de una plaza en la que dormía habitualmente, y lo deposité con mucho cuidado, como tratando de que no se golpeara, para luego cubrirlo con la húmeda tierra, quedando en evidencia que allí se había enterrado algo, o al menos que se había removido la tierra.

Era la primera vez que me ocupaba personalmente de una sepultura. En ocasiones anteriores había preferido delegar esa tarea a algún familiar. En el lugar se encontraban otros animales enterrados, perros y gatos pertenecientes a la familia que, habiendo llegado al fin de su existencia, eran sepultados ahí, enfrente de casa, en un terreno muy grande que pertenecía al ferrocarril y en donde las mascotas, o sus restos, podían descansar en paz. Sequé por última vez la mezcla de sudor y lágrimas y crucé en frente, hacia mi casa.

## II

Uno de mis pasatiempos favoritos era la música. Había comenzado tocando batería desde muy joven y finalmente, ya de adulto, me había involucrado de lleno en el mundo del piano para poder, así, musicalizar mis propias canciones. Por las tardes, luego de cumplir mi horario en la maderera, me sentaba a tocar. Entonces era como si el mundo no existiera, solo estábamos el piano, la música y yo. Aunque algunas veces éramos cuatro: además de nosotros tres, se nos agregaba un cuarto integrante, mi amigo Roberto Beltrán, alias Nito.

Su apodo había surgido por su parecido físico con el cantautor Nito Mestre. Roberto, si bien no cantaba, tocaba la guitarra y lo hacía muy bien. Tardes enteras pasábamos tocando en mi habitación, y a pesar de que sabíamos que no tendríamos futuro en el mundo de la música, nos la pasamos de pelos. El repertorio estaba basado en el género de *rock*, y del más pesado. Tocábamos canciones de Pink Floyd, de Led Zeppelín, de Ozzy Osbourne, de Van Halen, de Coldplay y de Keane, entre otros. Luego llegaba la hora en que Nito decía:

—Bueno, me voy, tengo que estar temprano en casa antes de que llegue mi mujer, sino se enfada conmigo.

Guardábamos los instrumentos y se retiraba, pero no se iba de mi casa sin que antes yo le dijera:

—¡Te tienen al trote eh!... Ja, ja, ja.

—Es que a mi mujer no le gusta para nada que toque la guitarra, qué se le va a hacer... Ya te va a tocar a ti también, te casarás y verás cómo es.

Nito se retiraba solo, sin su guitarra, que quedaba guardaba en mi casa; a su mujer no le gustaba que la llevara, y aludía a que no había espacio para el instrumento en su propiedad.

—¿Y en el placard de tu habitación...? —le había preguntado la primera vez.

—No tengo espacio, en el placar están todos los compartimientos ocupados con ropa de mi señora, mía y del nene; solo queda una puerta libre que está cerrada con llave, y es donde mi señora guarda sus libros de la facultad.

—Ok —le dije—, acá puedes dejarla todo el tiempo que quieras, es para mí un honor. Al lado del piano sería la ubicación perfecta y, por supuesto, puedes venir a tocar todas las veces que quieras.

—¡¡Gracias!!

Y así quedaba guardada, cerca de mi piano y en su estuche, la guitarra de Nito hasta que su dueño volvía a acariciarla nuevamente.

Llevábamos muchos años de amistad. Era él unos diez años mayor que yo. De clase 64, se había salvado de ir a la guerra de Malvinas de milagro. Siempre recordaba a algunos amigos y compañeros a los cuales les había tocado ir y que no habían regresado, al menos no con vida. Llevaba seis años de casado con Gladys y, como fruto de ese matrimonio, tenía un pequeño hijo de cinco años llamado Javier. Adoraba al pequeño y compartía muchas horas con él; jugaban, miraban los dibujos animados en la tele, lo llevaba a andar en bicicleta, a hacer las compras, a pasear, a comprar ropa y demás necesidades. Javier requería de mucha atención y de mucho tiempo y Nito era quien se lo brindaba, ya que su madre estaba siempre muy ocupada. Gladys trabajaba como docente y a menudo tenía reuniones con sus colegas. Si bien Nito era el que estaba más encima del pequeño, ambos llevaban la economía de su hogar adelante.

Habían podido edificar sobre la terraza de la casa de Matilda, madre de Gladys y suegra de Nito. Matilda había enviudado años atrás, poco después de que Nito ingresara en la familia, y vivía acompañada de su hijo menor, llamado Facundo. La casa tenía una entrada con rejas bajas, luego de las cuales se erigía la puerta de entrada principal que invitaba a conocer el interior. Los ambientes se componían de una cocina pequeña, un comedor, dos habitaciones, un baño y un jardín en la parte de atrás, con un pequeño galpón donde el difunto guardaba sus herramientas. Era una típica casa de clase media, un poco descuidada pero bastante cómoda.

Cuando Nito y Gladys se casaron pensaron en alquilar un departamento, a lo cual Matilda se opuso rotundamente.

—¡De ninguna manera! Nos podemos arreglar en la parte de abajo mientras edifican arriba, en la terraza.

Nito aceptó el ofrecimiento de su suegra, ya que la idea de pagar un alquiler de por vida no era de su agrado, y así fue como comenzaron a convivir Matilda, Facundo, Gladys, Nito, y luego el pequeño Javier, mientras los albañiles construían su departamento sobre la terraza. Para cuando llegó Javier a sus vidas, ya habían podido terminar en el piso de arriba dos habitaciones, parte de la cocina y el comedor.

Nito me contaba que la obra iba lento debido a que era muy costosa y la economía no daba para hacerlo más deprisa. De todas maneras, a Gladys le encantaba pasar mucho tiempo con su madre y su hermano, es por eso que almorzaban y cenaban juntos todos los días abajo, en el comedor de Matilda; luego, el matrimonio subía las escaleras hacia su dormitorio. Nito primero debía hacer una escala en la habitación de Javier para contarle un cuento o mirar los dibujitos hasta que el pequeño se durmiera, luego de lo cual culminaba en la habitación de al lado, en la que lo esperaba su esposa.

El fuerte de Gladys no era la cocina, me había comentado Nito en una oportunidad; no porque fuera mala cocinera, sino porque nunca lo había intentado. Siempre había cocinado Matilda en ese hogar, y ahora que Gladys se encontraba casada, continuaba haciéndolo su madre, como era costumbre. En cuanto a la convivencia, se llevaban bien. Si bien existían pequeños roces, esto era algo normal teniendo en cuenta que eran varias personas conviviendo en un mismo lugar. A Nito se lo veía contento y orgulloso de la familia que había formado.

Por su parte, él contaba con su madre, llamada Carmela, y con una hermana mayor llamada Estela como familiares directos. Su padre había fallecido a causa de un tumor cerebral pocos años antes de conocer a Gladys. Recuerdo que, sobre su final, don Armando sufría algo así como una especie de amnesia repentina, tal vez producto de su enfermedad, y es por eso que muchas veces cuando salía de su casa era traído de regreso por la Policía o por algún vecino, ya que se perdía a unas pocas cuadras y no sabía cómo regresar. Lo recuerdo bien porque en alguna oportunidad fui yo quien llevé de regreso al viejo Armando a su casa. Él no sabía dónde estaba; ni siquiera sabía quién era. Lo tomé de un brazo y lo llevé de regreso a su hogar sin que ofreciera ningún tipo de resistencia. Al llegar a la casa, junto a la puerta de entrada se encontraba Carmela esperándolo.

—¡Viste! Yo sabía que te ibas a perder. Eres cabeza dura —le había dicho retándolo, y al dirigirse hacia mí solo había dicho—: ¡Gracias, querido! Ya estaba por llamar a la Policía.

# III

Mi trabajo en aquel entonces era bastante sencillo. En la maderera trabajábamos con placas de aglomerado, fibrofácil, melanina y hasta madera de pino, aunque esta última no era nuestro fuerte. Mi tarea consistía en cortar las placas en las diferentes medidas que el cliente solicitaba. Había que ser muy preciso, ya que se medía en milímetros. Utilizaba para trabajar pantalones y camisa de grafa, zapatos con punta de acero, antiparras para proteger mis ojos del polvillo y de las astillas, guantes, barbijo y protectores para los oídos. Con estos últimos sucedía que, cada vez que me los ponía, soñaba que me encontraba en un estudio de grabación profesional. Luego de colocármelos, imaginaba que detrás de un vidrio, a unos metros de distancia, un ingeniero de sonido con su pulgar hacia arriba me daba el ok para que comenzara a tocar y, así, grabar mi disco. Luego de esta seña imaginaria, lo que sucedía era muy sencillo: encendía la sierra y comenzaba a cortar maderas. Aún lo recuerdo y lo extraño; era un trabajo digno, sin muchas aspiraciones, pero un trabajo al fin.

Mis compañeros de trabajo eran muy buenas personas (de hecho, deben de seguir siéndolo), y además muy divertidos. El gordo Julián observaba siempre este comportamiento mío al ponerme los protectores.

—¿Cada vez que te pones los protectores, a quién miras a lo lejos?

—A nadie, yo me entiendo —le respondía, y se volvía riendo a su lugar de trabajo. Creo que intuía algo ya que, cuando me los colocaba, mi cara decía el resto.

También estaba don Sergio, la persona de mayor antigüedad en la maderera. Él era una especie de patriarca; si alguien no se sentía bien, tenía algún problema o simplemente necesitaba algún consejo, recurría a él, quien con toda paciencia y bondad no dudaba en ofrecer su ayuda. Era la persona más buena que conocía. Nunca olvidaré sus últimas palabras:

—¡Gabriel, cualquier cosa que necesites, ven a verme!

—¡Gracias, don Sergio! —respondí entonces tomándolo de las manos. Esa fue la última vez que lo vi.

Lo cierto es que esperaba con ansias la hora de salida del trabajo para retirarme a mi casa a tocar unas canciones. Me preguntaba: "¿Vendrá hoy Nito a tocar conmigo?". Por lo general, cuando se aventuraba a una visita me avisaba con un mensaje de texto; nunca venía de improvisto. Él no era mi único amigo, pero era con quien compartía mi pasión por la música. Con los otros compartía otras cosas. En un punto, suele ocurrir eso: uno tiene amigos del trabajo, del gimnasio, de la infancia, tal vez de la escuela, del bar, etc. A veces se juntan todos cuando es el cumpleaños de quién es el nexo y ocurre una especie de torre de Babel pero de la amistad, cosa que a mí particularmente me divertía mucho.

Nito trabajaba en una gran imprenta. Hacían todo tipo de trabajos relacionados a la misma, y también de publicidad. Desde tarjetas personales y talonarios de facturas, hasta catálogos, listas de precios, impresiones de todo tipo, *ploteos*, trabajos en material vinílico, vidrieras, letras en relieve, revistas barriales, diseños y marquesinas comerciales. Como yo tenía un proyecto de negocios en mente que incluía este tipo de servicios, había pensado en él para que me ayudara a desarrollarlo. Incluso había pensado en proponerle que fuera mi socio y que encaráramos el negocio juntos. El proyecto requería del conocimiento y de la experiencia en el mundo de la madera, y lo mismo respecto del mundo de la gráfica. Todo encajaba perfecto: la idea era excelente y teníamos, además del conocimiento y de la experiencia, los contactos necesarios para comenzar de inmediato. Al principio utilizaríamos las máquinas de la maderera y de la imprenta, lo que nos otorgaría prácticamente cero costos de mano de obra, unos muy bajos en materia prima y ninguna inversión en maquinarias, por lo menos en el comienzo. Todo cerraba perfecto: madera, diseño, Gabriel, Nito, tan sencillo como eso.

Estaba muy entusiasmado. La idea del negocio que tenía en mente consistía en dos partes: una que yo dominada perfectamente, ya que abarcaba todo lo relacionado con mi trabajo actual y todos los requisitos que necesitaba, y la otra, que estaba relacionada, de igual manera, con todo lo que dominaba y manejaba mi amigo Nito. Estaba muy emocionado, lo veía todo tan claro que mientras lo imaginaba sentía una satisfacción inmensa que provocaba que no parase de caminar de un lado al otro dentro de mi habitación, o del poco espacio que quedaba de ella. De esto el piano y la guitarra eran testigos preferenciales. Si el piso de mi habitación hubiera sido de tierra, se habría formado un surco de tanto ir y venir por el mismo lugar.

Tomé mi celular y le escribí un mensaje de texto a Nito:

*«¿¡Cómo estás, Nito!? ¿Nos juntamos mañana a tocar? Ven, que además tengo que contarte algo que te interesará».*

# IV

Mi proyecto de negocios nació luego de hacer una visita al puerto de frutos, ubicado en la localidad de Tigre. Allí pude observar muchos trabajos artesanales realizados en madera; algunos de ellos me parecieron interesantes, otros me gustaron un poco más. Noté que un gran caudal de gente concurría a ese lugar, y fue entonces que se me ocurrió fabricar algún producto artesanal y venderlo con facilidad. Pude notar que mucha gente se interesaba por artesanías realizadas en madera, y yo trabajaba todos los días con ese material. A partir de ese día comencé a pensar sobre algún producto de decoración basado en madera que no hubiera visto en todo el puerto de frutos. Tenía que ser algo nuevo.

Las ideas circulaban por mi cabeza y, una tras otra, eran desechadas, hasta que al fin se me ocurrió una que me convenció. Se trataba de un reloj; algo tan simple como eso, pero en este caso, la madera no era tallada, pintada ni trabajada de ninguna manera: era revestida. Un corte de placa melamínica revestida con material vinílico de alta calidad y de distintos diseños. Los números que marcan la hora serían insertados dentro del diseño y la máquina, colocada en la parte de atrás, daría movimiento a las agujas para que girasen alrededor de ellos y, así, marcaran la hora. La energía requerida para poner estas agujas en movimiento era muy sencilla, una simple pila AA, y los bordes de la madera estarían cubiertos con material tapacantos, algo que yo conocía muy bien. En cuanto a los diseños, se me habían ocurrido cientos de ellos, incluso algunas imágenes estaban disponibles en Internet. Hasta había pensado en dividirlos en diferentes líneas para armar un catálogo: línea cocina, línea paisajes, línea artística, línea retro, línea a San Valentín, línea minimalista, línea musical, línea *kids*, y cada una de estas contaría con una gran variedad de imágenes para elegir y, por qué no, si fuera necesario, realizar algún diseño personalizado.

Mi proyecto de negocios estaba listo, y hasta tenía al socio ideal para comenzar inmediatamente. Estaba convencido de que a Nito le interesaría, ya que se basaba en gran parte en lo que respectaba a su oficio que tanto lo apasionaba y, además, requería de una inversión muy baja.

Luego de unas horas sonó mi celular informando la llegada de un mensaje de texto; era de Nito.

*«Hola Gabriel, mañana no puedo ir, te aviso si voy en la semana».*

El mensaje fue desalentador, mi ansiedad por contarle acerca del proyecto se encontraba en su nivel más alto. Tenía una idea que me parecía muy buena para comenzar a realizarla de inmediato, tenía los conocimientos y el acceso a la materia prima, y quería contárselo y proponérselo a quien podría cubrir la otra parte del proyecto, que además era mi amigo y con quien mantenía una excelente relación. Claro que todavía faltaba un detalle fundamental, que era la venta de los relojes. Detectar casas de decoración, regalarías, y todo sitio donde se pudiera colocar el producto para su posterior venta. Pero corría el año 2012 y la tecnología estaba muy avanzada como para ofrecer y concretar ventas a través de esa valiosa herramienta que era Internet. Utilizaríamos la publicación de los productos en empresas de compraventa *online*, y también lo haríamos a través de una página web propia. También sería necesario generar una cartera de clientes, concentrando visitas periódicamente y realizando todo lo necesario para hacer llegar el producto a la gente. Si bien restaban ultimar esos detalles, la idea general estaba encaminada y necesitaba transmitírsela a mi amigo y futuro socio, pero para eso debía esperar a su presencia.

# V

Luego de dos días recibí una llamada. Observé con mirada aguda la pantalla; en ella se leía el nombre "Nito" con claridad. Mi corazón palpitó de emoción. Esos días habían sido meses, la ansiedad de contarle acerca del proyecto que había ideado para los dos se había apoderado de mí. Dejé sonar el teléfono algunas veces mientras lo sostenía hasta que apreté el botón *send* y atendí.

—Hola, Gabriel.

—¿Cómo estás, Nito? Al fin llamaste, estuve esperando tu llamada más que a cualquier otra cosa en estos días.

—Me imagino. Yo estaba por ir a visitarte, pero ayer... —Hizo una pausa y continuó con voz entrecortada—. ¡Ocurrió una tragedia!

—¿Qué pasó? —pregunté asombrado.

Con voz temblorosa, me contestó:

—¡Mi hermana se prendió fuego!

—¿Qué...? —alcancé a decir casi sin pensar.

—Se incendió en su auto, tiene más de 70 % de su cuerpo quemado.

—Pero, ¿cómo puede ser? —balbuceé.

—No lo sé todavía, está en el Instituto del quemado, estoy yendo hacia allí y, por el momento, es todo lo que sé —respondió.

—¿Necesitas que te acompañe? Me cambio y vamos juntos —atiné a decir.

—No, te agradezco pero prefiero ir solo, después te llamo — y cortó la comunicación.

Estaba atónito, sorprendido. Si bien esperaba la llamada de mi amigo, jamás había pensado que lo haría para contarme semejante desgracia; solo había podido decir "ok" antes de que se cortara la comunicación.

Su hermana se llamaba Estela Beltrán. Dos años era la diferencia que tenían de edad, siendo ella la mayor. Esposa de Martín y madre de dos hijos adolescentes, un varón y una mujer, personalmente no conocía a Estela, aunque sí lo había visto dos o tres veces al Enano, apodo que poseía su esposo, Martín. Sabía que el Enano tenía muy buena relación con mi amigo Nito, así me lo habría dicho en alguna que otra oportunidad. Eso era todo lo que sabía al respecto. Pensé: "Pobres esos dos chicos, qué horror enterarse de semejante noticia".

Luego me pregunté cómo se lo habría tomado doña Carmela; seguramente de la única manera se puede tomar una tragedia así: mal. Lo mismo Nito y el Enano, aunque ahora que lo menciono, no había buena relación entre Martín y su esposa. Estaban a punto de separarse y no lo hacían para preservar a sus hijos. Esto último se rumoreaba en el barrio, aunque nunca se lo había mencionado a mi amigo. Los vecinos solían tener más información que la propia familia, y la casa de los Beltrán se encontraban a una cuadra y media de la mía. Los únicos que ya no vivían en el barrio eran don Armando, ya fallecido, y Nito, que se había mudado para vivir con su señora a casa de su suegra. Comencé a reflexionar sobre Estela. ¿Podía una persona incendiarse a sí misma? ¿Qué manera de suicidarse era esa? Nunca había escuchado algo así; de solo pensarlo, el horror se apoderó de mí ser. Atrás había quedado el proyecto de negocio. Ahora solo pensaba en la desgracia de Estela y en las otras víctimas, que eran las personas que sufrían ante un hecho de esta naturaleza, en este caso, su familia.

Llegó la noche y mi cena se vio interrumpida por una llamada a mi celular; era Nito de nuevo. Rápidamente atendí.

—¡Hola, Gabriel! ¿Puedes hablar? —preguntó

—Sí, claro. ¿Cómo estás?

—Aquí andamos… Recién salgo el hospital, los médicos dicen que tiene pocas probabilidades. Está en coma, asistida por un respirador artificial.

—¡Por Dios! Pero… ¿todavía hay esperanzas? —pregunté desconcertado.

—En caso de salvarse, las secuelas serían terribles —respondió.

—¿Pero qué fue lo que pasó?

—Aparentemente, tenía un bidón con nafta en el baúl. Estacionó el auto en una calle poco transitada, puso el bidón en el asiento del acompañante y encendió el fuego. Esto sucedió ayer a las dos de la tarde.

Ante semejante relato, solo me restó decirle:

—La verdad, lo siento mucho. Cualquier cosa que necesites estoy a tu disposición.

—Gracias. Mañana voy a estar ocupado todo el día en el hospital con los médicos, la Policía, en fin… Pero ni bien pueda paso por tu casa y hablamos.

—Por supuesto —contesté—, imagino todo lo que esos trámites significan. ¿Pudiste contárselo a tu mamá?

—Está al tanto, aunque desconoce los detalles.

—¿Y los chicos?

—Lo mismo, pero en cuanto pueda te visito y hablamos personalmente —me dijo, cortando la conversación.

—Entiendo, te mando un abrazo grande, puedes contar conmigo para lo que necesites.

—Gracias —respondió antes de cortar. Noté que la voz de mi amigo se quebraba. Quizás, luego de cortar con la comunicación se largase a llorar desconsoladamente. No faltaba mucho para eso, se notaba su esfuerzo por no hacerlo.

Me hubiera gustado estar ahí para consolarlo, o al menos para contenerlo, pero no... Al igual que la vez anterior, tenía que esperar a su visita para poder hacerlo.

Al día siguiente la noticia circulaba por todos los medios. Lo hacía en realidad desde el día anterior, solo que yo no leía los diarios y tampoco le daba mucha importancia a la televisión, pero aquella vez necesitaba saber qué había sucedido o, al menos, qué tenían los medios para decir. De camino al trabajo paré en un kiosco de diarios y le pregunté al diariero acerca de la noticia.

—Sí, este es el que más trascendencia le dio a lo sucedido, ¿lo lleva? —respondió entregándome un ejemplar.

—Claro. —Sin mirarlo lo doblé y seguí mi camino. Tendría tiempo para leerlo luego, en la hora de almuerzo.

No fue necesario abrir el diario; al llegar al trabajo, la noticia había circulado lo suficiente entre mis compañeros. Lo que no sabían era que yo era amigo del hermano de la víctima. Fue el gordo Julián quien me comentó:

—¿Te enteraste de la mujer que prendieron fuego en su auto?

—No, ¿qué mujer? —le contesté haciéndome el distraído.

—Ocurrió en San Martín, parece que esta persona tenía una amante desde hace un tiempo. El marido sospechaba algo... ese día decidió no ir a trabajar para seguirla y, al quedarse sin dudas de su engaño, discutieron y la prendió fuego dentro de su auto.

—¡¡No te puedo creer!! —le dije sorprendido.

Me pareció que no era necesario contarle que yo era amigo del hermano y que pronto estaría enterado de una versión más cercana. Además, este suceso pertenecía a la intimidad de la familia y no quería que nadie supiera que yo tenía acceso a ella. De todas maneras me encontraba sorprendido, la versión era muy distinta a la que me había contado mi amigo.

Ya en la hora del almuerzo, tomé el diario. "Crimen pasional horroriza a todo un barrio", rezaba el título de la nota, que no difería mucho de lo que acababa de contarme el gordo Julián, solo que el diario daba más detalles, hablaba de las primeras pericias y contaba con el testimonio de dos testigos.

*Escuché gritos desde mi casa, claramente una discusión entre un hombre y una mujer. No les di importancia, pensé en otra pareja que discutía. Luego los gritos se hicieron más fuertes y observé el horror. El auto estaba en llamas desde su interior y había una persona atrapada dentro. Salí corriendo para tratar de ayudar. Cuando llegué al auto, la mujer había podido escapar del infierno y comenzó a correr envuelta en llamas. Corrió unos veinte metros y cayó al suelo. Los vecinos le tiraban baldes con agua... Todavía no puedo quitarme de la cabeza el sonido agudo de los gritos desgarrados de esa mujer. A los pocos segundos, todos los vecinos estaban en el lugar, entre ellos, niños. No puedo concebir que estos hayan presenciado tan espantoso episodio. La ambulancia llegó treinta minutos después. El cuerpo estaba tendido en medio de la calle y la mujer ya no gritaba ni emitía sonido de ningún tipo; se había desmayado, supongo, al menos había parado de gritar. Todo ocurrió como en una película de terror, solo que era real. Nadie se animaba a tocarla, su piel estaba muy quemada, solo nos quedamos a su alrededor hasta que al fin llegó la ambulancia.*

Otro testigo informaba que la mujer gritaba: "¡¡¡Fue él, fue él, él lo hizo, fue él!!!". Incluso había visto salir corriendo a un hombre al que no había podido identificar; solo aportaba que le había parecido una persona de baja estatura. La Policía trabajaba en el caso tomando huellas digitales, sacando fotos, escuchando a los testigos y llevándolos a declarar, reconstruyendo toda la escena para llegar a una conclusión. Todo indicaba que no había sido un suicidio sino más bien un crimen, un crimen pasional.

Lo cierto es que esta versión tenía más sentido que la que me había contado mi amigo Nito. Una persona no depositaba un bidón en el asiento del acompañante de su auto, cerraba las puertas y luego encendía el fuego para suicidarse; por lo general, una persona que estaba determinada a cometer ese tipo de actos utilizaba otros métodos, pero era la versión que él me había contado y no pretendía contradecirlo por nada del mundo, no en ese momento de confusión y de dolor. Cerré el diario y continué con mis tareas laborales mientras intentaba imaginar lo que estaría sufriendo mi amigo.

—Pobre Nito, pobre Nito —suspiré.

# VI

Cuando llegué a casa la noticia ya circulaba por todo el barrio, lo que hizo que me enterara de algo más: el Enano estaba preso. Un patrullero con dos oficiales había ido a buscarlo y, sin resistirse, esposado y con la cabeza tapada, se había subido al auto. Debía prestar declaración indagatoria y estaría incomunicado durante las próximas horas. Su situación era complicada, era sospechoso de asesinar a su esposa y había testigos en su contra. Sin embargo, sus vecinos tenían cierta duda, no podían creer que Martín hubiera podido hacer algo así. Era una buena persona, respetada en el barrio, en el que vivía desde muy joven, desde el día en que se había casado con Estela, veinte años atrás, hasta la actualidad. Era padre de dos hijos que jugaban con los hijos de otros vecinos. Era muy respetuoso y trabajador. Se lo veía salir de traje impecable por la mañana y volver por la tarde de la misma forma. Se desempeñaba como gerente de un importante banco de la zona. Habían transcurrido dos décadas desde su comienzo laboral y eso, para la gente, era más que suficiente.

"Gerente de un banco, esposo y padre de dos hijos, vecino con veinte años de antigüedad en el barrio, persona educada y de buenos modales, todo eso es igual a *inocente*". La gente suele pensar de esa manera, al igual que si se tratase de una persona despreciable, de un mal vecino, de aspecto desagradable, sucio, padre ausente y golpeador, lo enviarían a la hoguera sin dudarlo, solo por su reputación, aunque quizás nada tuviera que ver con lo sucedido. Para la justicia, en cambio, poco importa la apariencia de un individuo, su estatus, su condición social, su profesión, su comportamiento, sus referencias y hasta sus trajes. Si las pericias demuestran que alguien es culpable de algún delito, actúa indiscriminadamente y con todo el peso de la ley aunque, claro, hay excepciones. En este caso, las pericias lo decían todo y de forma contundente, era por eso que Martín se encontraba detenido, y todo indicaba que lo estaría por mucho tiempo.

Escuché el sonido del timbre. Para mi sorpresa, era Nito quien tocaba. Sus ojos denotaban una necesidad de afecto y de contención que yo estaba dispuesto a brindar. Le di un fuerte abrazo y lo invité a entrar.

—Bueno, un rato y me voy —se atajó.

—Ok, tomamos algo y conversamos.

Nito, al igual que yo, nunca había sido de tomar alcohol. De hecho, era muy cómico verlo en el bar de la esquina de la estación de trenes bebiendo café con leche y medialunas a la mañana, temprano, antes de comenzar a trabajar; era cómico porque en ese bar nadie bebía eso. Sin importar la hora ni el día, ahí se toman bebidas alcohólicas, y de las más fuertes. Desde vino hasta grapa, pasando por agua ardiente, ginebra, *whisky* y otras bebidas espirituosas. Pero Nito se sentaba en los bancos altos del mostrador y, sin importarle lo que estuvieran bebiendo sus compañeros de barra, él se pedía su café con leche.

En aquel bar paraban todos los vendedores ambulantes que vendían sus productos arriba del tren, y también algunos músicos a la gorra que se ganaban la vida tocando e intentando que el viaje de los pasajeros fuera más placentero. Siempre había pensado que los cantores de trenes tenían la voz raspada debido a la exigencia que provocaba a sus cuerdas vocales el cantar durante todo el día, pero tal vez el bar de la esquina tenía una gran participación en moldear sus gargantas de esa manera. Lo curioso era que a lo largo de la barra podían verse varios vasos transparentes con cierto líquido turbio dentro, una taza de café con leche, y luego varios vasos transparentes más.

Sin embargo, esta vez Nito sugirió que tomáramos una medida de *whisky*, sabiendo que poseía una botella de Chivas Regal guardada en un estuche desde hacía tiempo y que nadie tomaba; por supuesto, accedí a convidarle. Coloqué dos vasos sobre la mesa y comencé a servir. No alcancé a terminar de llenar el segundo vaso cuando, luego de hacer un fondo blanco, Nito se había terminado su primera medida. La situación era más que clara. Sin reprocharle nada volví a servirle, esta vez, su segunda medida. Luego me miró fijamente y, con los ojos humedecidos, me dijo:

—Falleció.

Sentí que una mano me apretaba el cuello y se apoderaba de mi garganta. Nada pude decir. Solo lo abracé fuertemente y sentí cómo se manifestaba con inarticulados sollozos. Necesitaba descargar su tristeza con alguien y era a mí a quien había elegido; sabía que su amigo estaría esperándolo para contenerlo. Las palabras eran escasas tanto de parte mía como de él. No eran necesarias; tal vez los sentimientos más profundos se expresaran de manera más contundente con un abrazo que con palabras, y eso fue lo que hicimos. Luego de unos minutos lo invité a sentarse nuevamente junto a la mesa, donde comenzó a tranquilizarse.

—Vengo de la casa de mi hermana —rompió el silencio—. ¿Sabías que mi cuñado está preso?

—Sí, de algo me enteré —respondí.

—Es injusto, él no podría hacer algo así.

—La verdad, no sé... No creo que...—titubeé.

—Ellos no se llevaban bien, incluso hacía tiempo que querían separarse... No lo hacían para no afectar a los chicos.

—...lo cual termina siendo peor —acoté casi sin pensar, entendiendo que forzar una relación liquidada podía traer consecuencias nefastas.

—Estoy seguro de que él no fue —insistió—. Todavía no pude hablar con Martín, está incomunicado, pero en cuanto lo logre me voy a sacar las dudas —continuó.

Luego de una pausa, agregó:

—Fui a ver cómo estaban los chicos.

—¿Y cómo están?

—Están tristes pero, además, confusos; saben que su padre jamás haría una cosa así. Les dejé preparado algo para comer, ya que están solos. Mañana van a ir a verlos los abuelos por parte del Enano, y así nos iremos turnando para poder asistirlos. De un tirón se quedaron sin padre y sin madre; el padre preso y su madre... No me quiero ni acordar.

—¡Quédate tranquilo Nito, todo va a estar bien! ¿Y tu madre?

—Se encuentra *shockeada*... todavía no lo puede creer, y eso que no sabe todos los detalles. Debo cuidarla, ya que tiene sus años. No nos entregan el cuerpo, que aún sigue en la morgue judicial para continuar con la autopsia, ya que todavía no hay nada resuelto. Eso le provoca mucha angustia a mi madre... Ella quiere darle cristiana sepultura, como lo indica su fe.

—Entiendo —asentí—. Pobre doña Carmela, para ella debe ser una situación tremenda.

En cuanto a los detalles, no quise preguntarle absolutamente nada. Bastante con los que sabía, que ya eran demasiado horribles. No quería que recordara nada que le causara dolor. Solo pregunté:

—¿Y tu señora?

—Bien. Ella estaba distanciada de Estela... De hecho, no se hablaban. Mi hermana decía que era una bruja.

—Bueno, eso sucede en todas las familias, siempre hay algún distanciamiento entre sus integrantes —interrumpí.

—Sí, es verdad, la familia no se elige, simplemente... te toca.

Lo notaba bastante nervioso, y eso era lo menos que podía estar.

—¿Tienes idea de quién pudo haber sido? —pregunté.

—Mi hermana tenía un amante... Martín ya estaba al tanto de eso, creo que viene por ese lado. Como ellos no terminaban de separarse, seguramente eso no le gustó a su amante. Algunos testigos afirman haber visto a un hombre corriendo luego del incidente.

—Sí, eso dicen los medios —asentí.

—Mi cuñado no puede estar preso, tiene que ocuparse de sus hijos; ahora que no tienen a su madre es cuando más lo necesitan. Yo voy a ayudarlos en todo lo que pueda; también tienen a sus abuelos, pero ellos necesitan más que nunca estar con su padre, al que además adoran.

—Suena lógico —contesté.

Antes de retirarse le prometí que lo llamaría en la semana para saber cómo iba todo.

—Si hay algo en lo que pueda ayudar, puedes contar conmigo —repetí antes de despedirnos.

—Está bien, gracias —respondió y se marchó.

Debería postergar el proyecto para más adelante. Ni siquiera se lo había mencionado, no era el momento oportuno para hacerlo. Solo quería verlo y compartir una charla con él para luego ofrecerle mi ayuda. Lo había notado desbordado por la situación. Le preocupaba mucho que sus sobrinos quedaran solos, por lo tanto, no quería ver de ninguna manera a su cuñado preso. Noté que la muerte de su hermana había pasado a otro plano y ahora tenía otras preocupaciones.

# VII

Con el correr de los días la noticia se fue esfumando. Nuevas iban apareciendo, desplazando a las anteriores. Solo obtenía información del hecho a través de Nito y de algunos rumores que circulaban en el barrio. Estos decían que el Enano era quien había prendido fuego a su mujer, avalados por los testigos que hasta lo habían identificado en la escena del crimen. Eso para la justicia era más que suficiente, ya que no había otras pruebas. El fuego había quemado toda evidencia que hubiera podido culpar a un sospechoso. Por mi parte, yo continuaba trabajando en la maderera como todos los días. Una mañana, mientras preparaba un pedido importante, recibí un mensaje de texto.

*«Hola, Gabriel. ¿Estás hoy a la tarde en tu casa?»*

A lo que respondí:

*«Sí Nito, ven que te espero».*

Y continué trabajando. Por lo general venía a casa cada cuatro o cinco días, aunque a veces transcurría más tiempo de una visita a otra. Su esposa lo tenía muy ocupado con las tareas vinculadas al pequeño Javier. Esa tarde terminé de trabajar y fui directamente a casa a esperarlo. Llegué a las 5:15 de la tarde y ya estaba esperándome en la puerta. Lo encontré mejor que la vez anterior y eso me puso contento. Me contó que el abogado del Enano le había pedido si podía declarar y él había aceptado con mucho gusto.

"Estoy sorprendido con su declaración de manera contundente a favor de su cuñado", había afirmado el abogado, y Nito le había explicado que, además de no creer que Martín pudiera ser el culpable, sus sobrinos necesitaban a su padre, que estos se encontraban solos y que, por lo tanto, iba a colaborar en todo lo necesario para que su cuñado quedase en libertad lo antes posible. También le había dicho que había ido a verlo al lugar de detención y que este le había jurado que no había sido el responsable, y eso era más que suficiente para él. El abogado defensor lo felicitó por su razonamiento y por su temple. La verdad es que yo también sentí admiración; cualquier otra persona no hubiera querido menos que ver pudrir en la cárcel al supuesto asesino de su hermana. Pero él decía que el odio no lo conducía a ninguna parte, que el crimen ya había sido cometido y que nada ni nadie le iba a devolver a su hermana; solo le preocupaba que sus sobrinos no quedaran solos. Además, no creía responsable de semejante atrocidad a su propio cuñado.

—Después de todo, nadie escapa a la justicia divina. Quien haya sido el autor del crimen, tarde o temprano va a tener que pagar —agregué yo.

—Es cierto —asintió con la cabeza.

Nito había hecho una importante declaración a favor de su cuñado y había alegado, entre otras cosas, que su hermana hacía tiempo que tenía inclinaciones suicidas, que tenía un amante y que su cuñado era incapaz de cometer semejante acto. El banco para el que trabajaba Martín también se estaba ocupando de hacer todo lo posible para que no fuera preso. De hecho, la entidad había puesto a su abogado y había proporcionado cierta cantidad de dinero para que lo pusieran en el lugar de detención y no en la cárcel, por lo menos hasta que el juez se expidiera. Había una sola contra: el amante de Estela había sido detenido para luego ser liberado, ya que no había prueba alguna que lo incriminase y, además, ningún testigo había podido reconocerlo.

Aproveché que Nito se encontraba más tranquilo para contarle acerca del proyecto.

—Sí, es cierto, me había olvidado que tenías algo para contarme —me dijo de buen ánimo.

Luego de explicarle detalladamente la idea del negocio, le pregunté:

—¿Qué te parece?

—Me parece muy buena idea —dijo entusiasmado—. Además tenemos todo para hacerlo. Claro que todavía no estoy como para arrancar con un proyecto de negocios —se excusó.

—Estoy de acuerdo —le dije—. Debes hacer tu duelo, recobrar la tranquilidad, y luego podríamos empezar. Si te parece podemos ir ultimando algunos detalles para ir ganando tiempo y luego comenzar a trabajar con todo.

—Ok —respondió, y pusimos manos a la obra.

Nito parecía estar tan entusiasmado como yo. Claro que no estaba pasando por su mejor momento, y que su cabeza contenía muchas preocupaciones, pero no había duda de que el proyecto le había interesado.

—¡Hay un inconveniente! —dijo de repente.

—¿Cuál es? —pregunté dispuesto a encontrar una solución a cualquier problema que nos impidiera continuar con el proceso de armado de nuestro negocio.

—Adolfo, el encargado de la imprenta…

—¿Qué pasa con él?

—No me puede ni ver, y no sé por qué. No le hice nada para que actúe de esa manera, pero lo cierto es que no me quiere ni un poquito. De hecho, no nos hablamos, y sé que se estuvo quejando estos días en los que falté al trabajo, y otras veces en las que me tuve que ir antes, o tuve que ingresar más tarde.

—¡¡Pero es un desalmado!! —interrumpí con cierto enojo—. ¿No sabe lo que te ocurrió?

—Sí, pero poco le importa. Ni siquiera me dijo "lo siento". Solo quiere que vaya a trabajar sea como sea.

—¡Es un infeliz! —dije con el mismo enojo, y continué—: ¿Y cuál sería el problema con esta persona?

—Sencillo: no me va a permitir trabajar en el proyecto. Armar los diseños, los catálogos, las tarjetas, utilizar las máquinas, las computadoras, en fin… todo lo que necesitamos.

—Sí —dije—, sería una lástima que teniendo todas las máquinas a disposición, hubiera que ir a otro lado. Los costos no serían los mismos.

—De todas maneras puedo trabajar en casa. Tengo los programas necesarios para armar los diseños, y en cuanto a los materiales, puedo hablar con algunos proveedores sin que se entere Adolfo. En lo que respecta a la impresión, tengo algunos contactos con otras imprentas. Podríamos enviar a imprimir en algunas de ellas. Seguramente, como me conocen, me harán un buen descuento; si bien no es lo mismo, estaría bastante cerca.

No lograba comprender cómo una persona podía ser tan mala, y sobre todo con Nito, que era más bueno que el pan. Traté de imaginar cuál podría ser el problema que Adolfo tenía con mi amigo.

—Pero… ¿Y en la hora del almuerzo, sin molestar…?

—Imposible, ni siquiera quedándome después del horario de trabajo. Adolfo, al saber que estoy trabajando en algo propio, no me permitiría hacerlo. De hecho, es mejor que no se entere de que tengo un proyecto de negocios en forma independiente.

—¿Alguna vez hubo entre ustedes una pelea o algo por el estilo? —quise sacarme la duda.

—No, para nada. Sucede que Adolfo no es la persona más eficiente dentro de la imprenta. De hecho, está muy lejos de serlo. Los trabajos más importantes me los dan a mí, él solo es el encargado por antigüedad, y tal vez por su carácter. Supongo que ese es su malestar, y fue creciendo con el correr de los años.

—Eso lo explica todo.

Cargué las imágenes que tenía en la PC en un *pen drive* y se lo di. Nito se encargaría de encuadrarlas y de colocar el correspondiente reloj a las imágenes. Sabía que tardaría un tiempo en hacerlo, eran muchas y debía hacerlo en su casa, donde no tenía muchos momentos libres. Nito guardó el *pen drive* en su bolso y se retiró. El proyecto estaba en marcha… Con algunas piedras en el camino, pero en marcha al fin.

# VIII

Esa noche luego de cenar me senté junto al piano y comencé a tocar. Lo necesitaba para descargar emociones, para desahogarme. Aquellos días habían sido muy difíciles. Sentí como si hubiera dejado de tocar durante años; estaba oxidado, falto de técnica y de memoria, no recordaba del todo ni siquiera el repertorio que tocaba con frecuencia. Siempre había admirado a pianistas que podían leer y tocar una partitura al mismo tiempo. Era algo que yo no lograba hacer. Si bien comprendía la magia de un pentagrama con todas sus figuras y alteraciones, no podía leer y tocar en simultáneo. Lo hacía de memoria, luego de haber estudiado la partitura con anterioridad. Claro que, al dejar de tocar y de practicar por un tiempo, algunas partes se fugaban, y mi memoria no podía encontrarlas. Eso me ocurría cuando dejaba de tocar por un largo período, pero en este caso solo habían pasado algunos días. Recordé a mi primera profesora, Irene, que me decía: "No debes tocar de memoria, imagina si un día estás en un concierto y se te olvida una de las partes". Irene decía algo muy lógico, solo que no estaba teniendo en cuenta que mi talento no alcanzaba para poder hacerlo de esa manera y, por lo tanto, solo me restaba aprender la partitura de memoria para poder tocarla libremente.

Fastidiado por mis imprecisiones, tapé el piano y salí a dar una vuelta para despejarme. La noche era soñada y por suerte en

Buenos Aires siempre había lugares abiertos y disponibles para quien necesitara recrear su mente, para quien sufriera de insomnio, o simplemente para quien deseara pasar un momento agradable. Recordé que un amigo mío, Eduardo, me había recomendado un *pub* en el que tocaba una banda fija todas las noches. Luego de hacer su repertorio habitual, invitaban a subir a todo músico que se encontrara en el lugar y quisiera interactuar, musicalmente hablando y crear así, una especie de zapada en vivo. En las condiciones musicales en las que me encontraba, no me animaría a subir al escenario; de todas maneras, me pareció muy interesante la propuesta de aquel *pub* y la de su banda. Caminé tres cuadras por calles oscuras hasta encontrar un taxi disponible.

—¡Hasta el *pub* Jam Rock! —dije, y no fue necesario indicar la calle en el que se encontraba.

—Ok —asintió el conductor, dando a entender que conocía el lugar a pesar de que se encontraba a varios kilómetros de distancia.

Tal vez el lugar era más conocido de lo que yo creía, o quizás no era la única persona que en una noche de insomnio se dirigía hacia allí.

Luego de unas cuadras, el taxista intentó entablar una charla sobre política actual, la cual yo eludí inmediatamente. Justamente mi idea era salir a despejar un poco mi cabeza, y no a entablar una conversación acerca de problemas de política.

—¿Mucho trabajo? —lo interrumpí, cambiando la conversación drásticamente.

—Hoy hay bastante, es una linda noche y la gente salió de su casa.

Noté que, al igual que a la mayoría de los taxistas, le gustaba mucho hablar, y poco importaba acerca de qué. Entonces decidí llevarlo por temas mucho más interesantes que el de la política, al fin y el cabo, el viaje era bastante largo y debía aprovecharlo de la mejor manera. Siempre había tenido curiosidad acerca de quién subía al taxi antes que yo, aunque de conocer la respuesta quizás nunca lo habría preguntado.

—¿Quién subió al taxi antes que yo?

—¿Cómo? —contestó extrañado.

—Sí, en el viaje anterior, ¿quién subió, hasta dónde fue?

Tal cual había supuesto, el taxista era muy charlatán y no vaciló en comenzar a contarme.

—En el viaje anterior llevé a una señora a la terminal de ómnibus, pero si quieres que te cuente algunas anécdotas de gente que me subió al taxi, tengo miles.

Había dado en la tecla, como si hubiera presionado el botón *play* de un reproductor, solo me restaba ponerme cómodo y disfrutar de un espectáculo basado 100 % en relatos reales.

—¡Debe de conocer muchas historias! Me imagino…

—Y de todo tipo —contestó con aire fanfarrón—; Piensa que hace treinta años que soy taxista.

Y el reproductor arrancó.

—En más de una oportunidad he ido a buscar gente al casino, y han subido llorando, manifestando que se habían jugado todo su sueldo recién cobrado, o el dinero que tenían para comprar un auto y hasta una casa. En la mayoría de esos casos, por supuesto, tampoco les quedaba dinero para pagar el viaje, por lo que debía esperar a que entraran a sus casas y volvieran a pagarme. Volvían acompañados de gritos y quejas de parte de sus familiares, como un delincuente que sale con la cabeza gacha de un juzgado y es escrachado por la muchedumbre a su alrededor.

Hizo una pausa, solo para continuar.

—Una vez, mientras un tipo volvía de su casa para pagarme el viaje, su mujer le tiró una botella de vidrio que, por suerte, no dio en el blanco; de lo contrario hubiera tenido que llevarlo al hospital.

—El juego es tremendo —acoté.

—Recuerdo que un 24 diciembre, a las 6 p. m., aproximadamente, me sube un tipo en la puerta del casino, también llorando desconsoladamente. En su casa lo esperaban su mujer y sus dos hijos de cuatro y siete años para pasar la Nochebuena y la Navidad en familia. Pero debía llegar él, con el dinero recién cobrado, para comprar las cuestiones de la cena y los regalos para los niños. No solo se había jugado todo su dinero sino que, al igual que a los otros, no le quedaba un solo centavo para pagarme el viaje. No sé si fue el espíritu de la Navidad, o imaginarme la cara de su señora cuando este le dijera que se había jugado todo el dinero que tenía para pasar las fiestas, o tal vez imaginar a los pequeños con sus tristes caritas escuchando y presenciando todo el caos que se iba a desatar luego de que bajara esta persona de mi vehículo, pero ni bien lo dejé, me di vuelta y le di $ 200 de mi recaudación para que pasaran las fiestas en paz. Lo cierto es que él no me daba ninguna lástima; al contrario, me generaba mucha bronca que se comportarse de esa manera, ya que sin contemplación alguna le estaba arruinando la Navidad a su familia, pero lo que me conmovió fue esa mujer con sus dos inocentes niños, que no tenían culpa alguna. En aquella época $ 200 eran más que suficiente para cubrir los gastos de una Navidad. Le dije: "Tome, con este dinero va a poder pasar las fiestas en paz con su familia. ¡Le pido que no vuelva a hacerlo!". Me tomó con sus dos manos y llorisqueando me agradeció. "¡Que Dios lo bendiga!", me dijo. "Seque esas lágrimas y cambie la cara para que no se den cuenta", le dije yo, y se bajó del auto. Mientras el hombre iba entrando a su casa, pensaba: "El peor viaje de mi vida. No solo no cobré nada por el servicio, sino que además tuve que pagar". Aunque ese no fue el peor viaje de mi vida. Hubo una noche en la que realmente me asusté y la pasé muy mal.

—¿Qué le pasó? ¿Lo asaltaron?

—No, eso me sucedió algunas veces pero lo tomé con mucha naturalidad. Solo me apuntaron y me pidieron todo el dinero, luego de dárselo sin presentar resistencia alguna, se bajaron del auto y no volví a verlos nunca más. Pero aquella noche fue terrible, la recuerdo como si fuera hoy, a pesar de que pasaron seis años.

Hizo una pausa, tomó aire y continuó.

—Acababa de dejar a un pasajero en avenida Santa Fe, esquina Bulnes. Doblé a la derecha hacia Bulnes y a mitad de cuadra vi salir a un señor de uno de los edificios que, al verme, comenzó a correr para pararme. Lo primero que pensé fue: "Esta es mi noche de suerte", ya que recién había comenzado a trabajar y conseguía un viaje tras otro. Me arrimé al cordón, subió el hombre, puse el reloj en cero y arranqué. "¿Hacia dónde lo llevo?", le pregunté mirándolo por el espejo retrovisor. Era un hombre calvo de unos sesenta años, iba bien vestido. En esa noche de invierno hacía mucho frío y llevaba un sobretodo largo muy elegante. "¡Hacia Aeroparque!", dijo sin mirarme y sin pensarlo demasiado. Cuando volví a levantar la vista para observar a través del espejo retrovisor y decirle "ok", noté algo muy extraño. Tenía las manos ensangrentadas y se las estaba limpiando con un pequeño pañuelo ordinario. Solo atiné a decirle: "Está lastimado, ¿quiere que lo lleve a un hospital?". Por primera vez levantó la cabeza y me miró... En su mirada pude percibir cierto grado de locura y furia que provocó que me temblaran las piernas. "No estoy lastimado, acabo de asesinar a mi esposa, y si intenta comunicarse con la Policía de algún modo, estoy dispuesto a matarlo a usted también", dijo esto y sacó del interior del sobretodo una cuchilla, enchastrada con sangre fresca, evidentemente recién utilizada. "¡Quédese tranquilo! –le dije titubeando– ¡no voy a hacer nada, solo lo llevo a donde usted me pida!" "Más te vale, y si llegas a dar aviso a la Policía luego de bajarme, te juro que te busco y te mato", me respondió. Lo cierto es que es muy difícil volver a cruzarse con una persona nuevamente de pura casualidad, pero en ese entonces todo lo que él me decía me afectaba tanto que solo me restaba creerle y obedecer. "¡Quédese tranquilo!", le repetí nuevamente, "no voy a dar aviso a ningún policía". Y continué con el viaje, que se me hizo eterno, ya que luego de esa espantosa conversación no volvió a guardar su cuchilla en ningún momento. Solo dejé de observarlo. Su mirada me atemorizaba y me concentré en la conducción, lo cual hice de manera acelerada para llegar lo más rápido posible. Al llegar a la avenida Costanera, a la altura de Aeroparque, se bajó y me dijo: "¡Nunca me viste, nunca me trajiste a ningún lado, de lo contrario, estás muerto!" Asentí con la cabeza. Las palabras nunca me salieron. Solo pensaba que antes de bajar iba a clavarme su cuchilla por la espalda, y eso me tenía petrificado.

—Me imagino —dije yo—, no es para menos. ¿Y avisó a la Policía?

—No, no puede hacerlo, luego de que se bajó me fui a mi casa. Ni siquiera pude seguir trabajando. Al otro día continúe como si nada hubiera pasado, aunque nunca voy a olvidar su mirada. El peor viaje de mi vida —suspiró.

—¡No es para menos!

—También tengo algunas otras historias —continuó en un tono más jovial—... Por ejemplo, hace unos once años aproximadamente llevé a un importante banquero al aeropuerto de Ezeiza. Iba con un portafolios, una valija pequeña, y vestía un traje impecable. Como el viaje era largo, conversamos.

—¡Me imagino! —respondí.

—Hablamos acerca de muchos temas —continuó el taxista—. De política, de actualidad, y se ve que le caí bien porque antes de bajarse me preguntó: "¿Usted tiene dinero ahorrado?" "La verdad que no –le dije–. Vivo al día con mi señora y mis dos hijas; no nos hace falta nada pero tampoco nos sobra demasiado". "¿Entonces usted no tiene dinero en el banco?", me preguntó. "No –le dije–. Tengo una caja de ahorro con muy pocos peso, ¿por qué?" El banquero respiró profundo, miró hacia los costados como asegurándose de que nadie lo observaba, y me dijo: "Va a haber un desfasaje económico y financiero muy importante en el país, que va a marcar un antes y un después; por lo tanto, ¡le recomiendo que retire todo su dinero de los bancos lo antes posible!". En ese momento, te soy sincero, no tenía un peso en el banco, pero lo cierto es que a los quince días se vino la debacle que derivó en el famoso corralito bancario, en el que los ahorristas vieron cómo todos sus ahorros quedaban atrapados en el banco sin nada por hacer.

—¡O sea que usted estuvo al tanto antes de que sucediera! —le dije asombrado—. Yo siempre supuse que hay ciertas cuestiones que se saben de antemano. Solo que esa información es para políticos, empresarios y afines, pero por nada del mundo es para la gente común, para el pueblo mismo.

—Así es —me dijo el taxista, resignado—, es información para unos pocos. Aquella vez yo solo tuve suerte de estar al tanto de lo que iba a ocurrir, aunque de todas maneras no lo pude aprovechar, ya que no contaba con dinero en los bancos.

—La verdad es que tiene usted historias muy interesantes, lo felicito.

—Sí —me dijo mientras se le formaba una sonrisita fanfarrona—. Es que este trabajo es así. ¡Sin ir más lejos, esta mañana me subió un fiscal en la puerta de los tribunales! Lo llevé hasta su casa, y en el transcurso del viaje me contó lo difícil que está la Justicia hoy en día. Entre otras cosas, me preguntó si había escuchado días atrás acerca del crimen de una mujer a la que prendieron fuego dentro de su auto en la localidad de San Martín.

Una señal de alarma cruzó brevísimamente por mi mente, a pesar de encontrarme distraído observando el paisaje urbano a través de la ventanilla. Al notar ausencia de todo tipo de acotación de parte mía, prosiguió:

—Salió en todos los diarios y medios de televisión. ¿No te enteraste?

—Sí, algo escuché —respondí tratando de disimular.

—Bueno, me preguntó si estaba al tanto y le dije que sí, que mi señora seguía el caso al pie de la letra, ya que había quedado muy impresionada con la noticia. El fiscal me dijo que hay fuertes presiones para que el asesino salga en libertad, por supuesto, declarado como inocente.

—Pero… ¿quién es el asesino? —le pregunté para sacarle información.

—El asesino es quien ahora está preso, aunque solo por unos días más.

—¿Pero entonces el crimen va a quedar sin resolver?

—¡Claro que no! Hubo otro acusado al que soltaron por no tener pruebas en su contra.

—¡Sí —le dije—, el amante!

—Ah... ¡Estás bien informado sobre el asunto! —me dijo sorprendido.

—Solo lo que escuché en los medios.

—El caso no va a quedar sin resolver, eso sería muy malo para la sociedad. Digamos que mágicamente van a aparecer pruebas que comprometan al amante y así volverán a encerrarlo, pero esta vez para condenarlo como único autor del crimen, y quien ahora está preso será puesto en libertad por falta de mérito.

—¡Increíble...! —reflexioné en voz alta.

—Pero real —retrucó el taxista.

Por supuesto que no tenía ninguna intención de contarle que era amigo del hermano de la víctima ni que, como consecuencia, me encontraba al tanto de la situación. Además, el taxista había demostrado tener cierta información con la que yo no contaba, aunque había que comprobar si esta información era verídica. Solo pregunté:

—¿Cómo hace para conseguir de las personas que viajan tanta información?

—Ja, ja, ja. Digamos que son años —me dijo canchereando—. Le busco la vuelta a través de la conversación y terminan contándolo todo, como si mi vehículo fuera una especie de confesionario. Son treinta años acá arriba, hablando con toda clase de personas, así que imagínate... si no me aburro.

El taxista se sentía orgulloso de ser un charlatán, como si fuera un talentoso pero de los chimentos. No se había dado cuenta de que yo acababa de hacer lo mismo con él, llevándolo al terreno que más me convenía y obteniendo así información que, aunque no esperaba, me era más útil a mí que a él.

Continuando con su aire sobrador, me dijo:

—¡Te salvaste de que no te saque información a ti también!

—Sí, tuve mucha suerte supongo, menos mal que ya me bajo.

El auto se detuvo. Observé el marcador, que decía $ 95,80. Le pagué con $ 100.

—Quédese con el cambio —le dije.

Me había parecido demasiado que una persona se creyera importante, y que hasta se enorgulleciera, solo por ser un simple charlatán. Uno podría sentirse orgulloso de su profesión, de su talento, de su especialidad, o de alguna buena acción que hubiera realizado, pero ¿orgulloso y hasta soberbio por ser un simple charlatán? Eso no podía soportarlo, estaba seguro de que ni siquiera había ayudado a ese pobre hombre el día de Navidad. Solo lo había dicho para engrandecerse; de hecho, si hubiera sido una persona de buen corazón no hubiese tenido necesidad de andar divulgándolo.

Me bajé del auto y al cerrar la puerta solo me vino un pensamiento a la cabeza, que se ejecutó en voz alta:

—¡Idiota!

# IX

Las fuertes luces de color de la marquesina bañaban la calle. Al subir a la vereda pude observarlo: el cartel gritaba "Jam Rock". Había gente fumando y conversando cerca de la puerta. Pasé entre ellos esquivándolos hasta llegar a la entrada.

—¡Buenas noches! —dije.

—Buenas noches —respondieron las dos personas de seguridad que se encontraban junto a la puerta, vestidas con traje negro y zapatos bien ilustrados del mismo color. Luego de ser revisado por uno de ellos, casi al unísono me dijeron:

—Adelante.

Entré con el entusiasmo que tiene una persona que está a punto de conocer un lugar nuevo y que, además, promete ser muy auspicioso. La mezcla de perfumes, tanto masculinos como femeninos, me hizo sentir que estaba en un jardín repleto de flores y frutos vivos conviviendo en perfecta armonía. Aunque, en este caso, lo que mi olfato apreciaba era un jardín nocturno y artificial, no menos llamativo, aunque con aromas más fuertes. A mi derecha se encontraba bien decorado e iluminado el refugio para todo aquel que decidía ir a un lugar nocturno en forma solitaria: la barra. Rodeada de bancos altos, observé que uno estaba sin ocupar. Rápidamente me acerqué y me senté, solicitando al barman un *gin-tonic*. Desde allí podía apreciar el *pub* en todo su esplendor; el escenario, con todos los equipos e instrumentos listos para recibir a los músicos, las mesas del centro, que estaban todas ocupadas, la puerta de entrada, que no cesaba de recibir visitas y hasta los baños. El *pub* era muy bonito, agradable y estaba en todo su esplendor.

Si mi cabeza se encontraba un tanto bloqueada debido a los últimos acontecimientos, luego de la conversación con el taxista había quedado peor. Ya había pedido mi segundo *gin-tonic* cuando cuatro músicos subieron al escenario y, al tomar los instrumentos que allí esperaban, comenzó a sonar la banda estable del Jam Rock. Respiré profundo, como aspirando las notas y las figuras musicales que comenzaron a circular por el aire e invadieron todo el lugar. Sentí que había valido la pena salir de casa, viajar y hasta fumarme a ese taxista. Mi ser comenzaba a armonizarse y a liberar tensiones; aquella terapia era la mejor que conocía, y comenzaba a hacer efecto. Pensé: "A Nito le haría bien venir a este lugar, podría despejarse un poco… En la semana lo voy a invitar".

Miré a mi alrededor tratando de encontrar a alguien conocido. A menudo sucedía, pero esta vez todos eran extraños para mí. De todas maneras, la música en vivo era mi gran compañía. Habían tocado cuatro canciones desde que el cantante dijera:

—¡¡Hola a todos!! ¿¡Cómo están!? Gracias por venir a Jam Rock, espero que la pasen muy bien.

La formación era clásica: batería, bajo, guitarra y voz. Pero también se veía un teclado bien posicionado dentro del escenario, aunque que nadie lo ejecutaba. "Quizás faltó el tecladista —pensé—, o quizás el instrumento se encuentre ahí por si alguien del público desea subir a tocar luego de ser invitado, tal cual me dijo mi amigo Eduardo".

Cerca de diez canciones habían sonado cuando el vocalista anunció que se abrían las puertas del escenario para que todo aquel que ejecutara un instrumento y quisiera subir y tocar con ellos. Inmediatamente comencé a mirar hacia los costados sin darme por aludido. Se escuchaba un fuerte murmullo; unos animaban a otros para que subieran. Era el momento esperado por los *habitués* de lugar. De una de las mesas del centro se vio una mano que tímidamente se elevaba. En seguida desde el escenario lo invitaron a subir. Era un joven de no más de veinticinco años, de pelo rizado a la altura de los hombros, y llevaba pantalón de *jean* gastado color gris y remera negra. De su silla colgaba una campera de cuero del mismo color. La gente comenzó a aplaudir mientras el joven esquivaba algunas mesas para llegar al escenario. Noté que llevaba colgada de su hombro izquierdo una guitarra en su estuche. Al subir la desenfundó y conectaron su instrumento a uno de los equipos. Su guitarra era una Fender Telecaster de color roja. Conversó durante unos segundos con el cantante, que luego lo hizo con el resto de los integrantes para después anunciar:

—¡Señoras y señores, con ustedes, Juan Calieri en guitarra!

El joven, ya con su instrumento calzado, hizo reverencia ante el público y a la cuenta de un… dos… un, dos, tres, ¡va! empezaron a sonar los primeros acordes de "Trávelin Band" La gente comenzó a levantarse de las sillas; algunos bailaban, otros aplaudían, era el gran momento de la noche. Aquella idea de subir al escenario a músicos del público era realmente brillante. Mientras disfrutaba de la propuesta, pensé: "Podríamos venir con Nito y subir a tocar algunas canciones de nuestro repertorio con esta maravillosa banda". Imaginé que la idea era tan buena como la de proyecto de negocios, y como consecuencia sentí un entusiasmo similar.

Al finalizar la canción, el público entero estalló en un enorme y cálido aplauso que dio lugar a "Born on the Bayou" y "I put a spell on you" respectivamente. El joven volvió a hacer reverencia y pude leerle los labios: "¡¡¡Muchas gracias!!!", decía una y otra vez con su rostro iluminado, no solo por las luces del escenario, sino por su propia felicidad. Esa misma expresión tendríamos con Nito cuando fuésemos a tocar con la fabulosa banda del Jam Rock.

—¡¡Fuerte el aplauso para Juan Calieri!! —dijo el cantante, que también aplaudía. El joven bajó del escenario cuando observé mi reloj: 3:25 a. m. La estaba pasando realmente muy bien, pero debía regresar, mi obligación laboral en la maderera me tironeaba de un brazo. Tal vez habría de subir alguna otra persona al escenario, invitada por la banda, pero debía irme. De todas maneras, la recomendación de Eduardo había superado mis expectativas y estaba dispuesto a regresar muy pronto.

Al salir, saludé a los dos hombres de seguridad y me acerqué a la esquina para encontrar un taxi que me llevara de regreso a casa. "Que no sea otro infeliz como el que me tocó en el viaje de ida", pensé. Para mi sorpresa, pasados unos diez minutos, quien paró luego de hacerle seña no fue un taxista sino una taxista. Esta vez era una mujer quien conducía el automóvil que me llevaría a mi casa y, a diferencia del viaje de ida, la vuelta fue mucho más placentera. Solo tuve que indicarle la dirección, una recomendación sobre calles que acortaban el camino, y sin ningún sobresalto fui despertado en la puerta de mi casa.

—Señor, llegamos.

Desperté y efectivamente me encontraba en la puerta de mi casa. Me había dormido durante todo el viaje. Le pagué y la mujer agradeció.

—De nada —le dije, y me quedé observando cómo se retiraba.

Eran las 5 a. m. cuando puse el despertador para que sonara a las 7. Casi pude cerrar los ojos cuando lo escuché sonar, aunque sentí que solo habían pasado quince minutos. La rutina diaria se hacía presente una vez más.

Dos días habían pasado cuando recibí una nueva llamada de Nito.

—Hola Gabriel, ¿cómo estás? —saludó.

—Hola Nito, bien ¿y tú? —respondí.

—Aquí andamos… —Hizo una pausa—. Me entregaron el cuerpo de mi hermana…

—¡Uy… ¿y cómo estás? —alcancé a preguntar.

—Hice todos los trámites en la casa velatoria y en el cementerio, junto con mi mamá.

—¡Me imagino cómo debe estar doña Carmela!

—Y… la verdad es que mal, pero está tranquila porque le devolvieron el cuerpo, y ella quería que descansara en el cementerio, y no que estuviera dando vueltas por la morgue.

—Entiendo… —respondí, y luego volví a preguntarle, como aquella vez—: ¿Qué necesitas, te puedo ayudar en algo?

—Mañana voy a ir al cementerio a llevarle flores… ¿Me quieres acompañar?

—Bueno —respondí—, no hay problemas.

—Te toco el timbre a las 6 de la tarde.

—Dale, te espero.

La verdad es que nunca me había gustado ir a los cementerios, me traían recuerdos tristes, como a todos los que alguna vez habían perdido a un ser querido, y aunque sabía que había personas que se sentían bien visitando estos lugares, a mí particularmente nunca me había agradado hacerlo. De todas maneras, iría a acompañar a mi amigo en este duro momento, ya que por primera vez aceptaba que lo hiciera.

# X

Al día siguiente a las 6 p. m. en punto sonó el timbre de mi casa y ya estaba listo para salir. Me subí a su auto y arrancamos. Durante el viaje me contó que había sido su madre quien había recibido el llamado telefónico de la morgue para avisar que liberaban el cuerpo de Estela, e inmediatamente se había comunicado con él para que efectuara los trámites.

—Decidimos que no habrá velatorio, solo una pequeña misa en la capilla del cementerio y luego el entierro.

—Me parece muy bien —respondí.

—Los chicos no vinieron todavía, por el momento no quieren hacerlo.

—Tal vez sea lo mejor, ya sufrieron bastante.

—Sí, tal vez sí.

Estuve a punto de contarle la historia del taxista y el fiscal, pero creí que no sería oportuno y solo me limité a acompañarlo y consolarlo.

Entrábamos al cementerio cuando retrocedió y se dirigió al puesto de flores, apenas a unos diez metros de la entrada principal.

—Quiero un ramo de flores para mi hermana —dijo en tono seco.

Me impresionó la manera en la que lo pidió y me di cuenta de que, por más fuerte que pareciera, estaba afectado, y mucho.

Traté de imaginar lo que pensaría la señora que atendía el puesto al escuchar aquella frase pero, claro, estaba acostumbrada. En seguida le preparó un ramo de crisantemos, claveles y rosas rojas muy bien adornado, envuelto en helecho y papel metalizado. Nito le pagó y encaramos nuevamente hacia la puerta de entrada.

Era una tarde fresca, aunque soleada, y se escuchaban sonidos de distintas especies de pájaros que residían en el lugar. Noté que el césped, cortado prolijamente, gozaba de buena salud, y los árboles se encontraban bien tupidos y con sus copas flameantes. Eso era lo único que yo apreciaba del lugar mientras caminábamos: su naturaleza. En cuanto a lo otro, no tenía interés de hacerlo.

—Es por acá —me indicó doblando por una de las calles internas. Luego de unos metros se detuvo ante una tumba. Me miró y con su mirada me dijo todo, habíamos llegado al lugar donde se encontraban los restos de Estela. Noté con obviedad que era una tumba reciente; la tierra estaba removida y tenía un color vivo, a diferencia de las linderas, que se encontraban con la tierra bien asentada. Su lápida, también nueva, no decía nada. No tenía sobre ella una placa de bronce ni de ningún otro material, simplemente estaba en blanco.

—Mi mama encargó la placa, la colocarán esta semana —explicó, como si me hubiera leído el pensamiento.

Sus ojos se humedecieron y se convirtieron en dos empañadas bolas de cristal. Lo tomé de un hombro y le di unas palmadas en la espalda. Depositó las flores sobre la tierra removida, esperó unos segundos y luego me hizo señas con la cabeza para que nos fuéramos. El sol descendía hacia su ocaso y su luz cobraba suaves tonalidades que envolvía en su manto dorado. Cruzamos la puerta y encaramos hacia el auto. Suspiré… El peor momento había pasado. Hicimos todo el recorrido desde la tumba de Estela hasta el auto sin decir una sola palabra. Antes de poner el auto en marcha, me dijo:

—Ahora me siento mejor.

Esas palabras me causaron mucho alivio, ya que si se manifestaba de manera contraria, no estaba seguro de poder contenerlo. Yo también comenzaba a quebrarme.

—Bueno, me alegro —expresé.

—Sí, siento que ahora logré despedirme. Si bien estuve ayer, presencié la misa y demás, recién, al depositar esas flores sentí que me despedí para siempre, para no volver. Es que a mí tampoco me gustan los cementerios —confesó, sabiendo que yo no pisaba esos lugares.

De hecho, me había tocado hacerlo algunas veces del otro lado, despidiendo a un familiar directo, y no como acompañante, y había sufrido mucho, lo que había provocado que detestara esos lugares.

—Quiero agradecerte —continuó—… Por haberme acompañado. Sé lo difícil que es para tí.

—No tienes que agradecerme, eres mi amigo y me necesitas —concluí.

Encendió el auto, puso primera y salimos lentamente. Mientras viajábamos noté que tenía un color más vivo que cuando estábamos en el cementerio, aunque el tema de conversación seguía siendo el mismo.

—Le pedí a mi señora que me acompañara pero se negó.

—Y bueno, hay personas a las que les hace mal, Nito.

—Sí, pero en este caso no es por eso… Ellas no se llevaban bien, ya he contado. Su hermano Facundo ni siquiera me dio el pésame.

—No se habrá animado —intenté desdramatizar la situación.

—¡Noooo, tenía razón mi suegro! Que Dios lo tenga en la gloria, una vez me dijo: "Adónde viniste a parar, querido".

—Ja, ja, ja —me salió una carcajada—. ¡No es para tanto!

Nito sonrió y entendí que al menos en algo había ayudado. Aproveché ese momento para contarle sobre el lugar que había conocido, y que debía acompañarme , ya que le gustaría mucho. Lo noté interesado y rápidamente me interrumpió.

—¿Y podemos subir a tocar los dos juntos?

—¡Claro! Eso es lo mágico del lugar, ¡cualquier persona del público puede hacerlo! Preparamos unas canciones y tenemos a todo una banda completa para que nos acompañe.

Sus ojos brillaban, pero esta vez de alegría.

—¡Qué buena idea! ¿Cuándo vamos?

—¡Cuando quieras! Solo tenemos que ensayar algunas canciones y listo.

—Ok, en cuanto me desocupe un poco de los problemas ensayamos, y luego vamos al *pub* —dijo volviendo a la realidad.

—¡Perfecto!

A los pocos minutos estacionó en la puerta de mi casa.

—Nos hablamos —me despedí.

—Dale, sí —contestó y luego de que diera unos pasos, me dijo—: ¡Gracias! —Me di vuelta y le levanté la mano.

Algunas veces despedirse diciendo "nos hablamos" es un error: una de las partes espera a que el otro se comunique, y eso no sucede, ya que la otra parte espera lo mismo del primero. Es como decir "nos vemos… si es que ocurre, si es que sucede". Pero no hay un compromiso generado. Muy distintos es decir "nos vemos tal día, te paso a buscar a tal hora", o "te llamo tal día a tal hora". Sin que nos diéramos cuenta, esto provocó que ninguno de los dos levantara el teléfono para llamar al otro. Seguramente Nito esperaba que yo lo hiciera, mientras que yo pensaba que lo mejor era no apresurarlo y dejar que él llamase cuando estuviera en condiciones, ya que acabábamos de visitar la reciente tumba de su hermana. Una semana entera pasó, y tal vez hubiera pasado más tiempo, a no ser por la casualidad.

# XI

La comida chatarra nunca había sido de mi preferencia, quizás por haber sido acostumbrado de niño a comer sano, o tal vez porque siempre me habían gustado las frutas y las verduras (cosa que no es común encontrar en las casas de comida chatarra). O, quizás, simplemente porque prefería la comida casera. De todas maneras, estas casas de comida chatarra tienen muchas sucursales ubicadas en zonas céntricas y en centros comerciales, y son un punto de referencia clave para quien se está orinando y necesita hacer sus necesidades. Y eso me estaba ocurriendo a mí desde hacía un rato largo, por lo que decidí acercarme al McDonald's de Caseros, que se encontraba apenas a dos cuadras de distancia del lugar en donde hacía un trámite. Entré y, como siempre, estaba colmado de gente. La gente iba y venía con sus bandejas buscando un lugar donde sentarse. Grandes carteles iluminados invitaban a degustar algún combo mágico, mientras que la prolijidad y la limpieza, como siempre, eran impecables.

En este tipo de lugares existe una libertad única: nadie pregunta en la entrada "¿qué desea?", "¿qué va a comer?", "¿dónde se va a sentar?", "¿se encuentra acompañado?", "¿va a pasar al baño, y en caso de hacerlo, va a orinar o va a defecar?". Nadie pregunta absolutamente nada. Uno puede entrar, recorrer el sitio, subir al piso de arriba, utilizar los baños, leer el diario, sentarse a estudiar, salir y volver a entrar sin que nadie pregunte absolutamente nada. Y eso era muy valioso para aquellas personas que transitaban todo el día por las calles y necesitaban un refugio, un lugar donde detenerse.

Lo cierto es que este tipo de lugares no me desagradaban; quizás si tuvieran otro menú, me encontraría sentado en a algunas de sus simpáticas mesas. Por lo pronto, me estaba orinando y había encontrado el lugar adecuado para llevar a cabo tal necesidad fisiológica. Subí al primer piso y la sorpresa invadió todo mí ser. En la primera mesa, casi chocando con la escalera, estaba sentado leyendo el diario mi amigo Nito. La impresión que me causó fue muy triste. Estaba sentado solo en una mesita individual, en la que apenas cabía; su mano izquierda le sostenía la cabeza mientras que con la otra cambiaba de páginas.

Cuando uno es observado intensamente, una especie de instinto logra darse cuenta de que esto sucede, aún estando de espaldas, como si la mirada golpeara por detrás para que uno se diera vuelta, y eso fue lo que sintió él. No había pisado el último de los escalones cuando se dio vuelta y me miró. La sorpresa también lo invadió a él; su rostro así lo hizo notar.

—¡Hola, Gabriel! ¿Qué haces por aquí? —dijo intentando levantarse de la mesita.

—¡Hola, Nito! Lo mismo digo, ¿qué haces aquí solo?

—Lo traje al nene. —Señaló con su dedo índice el cubículo de acrílico junto a la mesa. Dentro había toboganes y pelotas de colores; era el lugar de juegos para chicos. Alcancé a ver al pequeño Javier, que se encontraba jugando muy entretenido con otros niños.

—Yo entré porque me estaba orinando —le dije—, vuelvo en dos minutos y conversamos.

—Ok, te espero.

Me dirigí rápidamente hacia el baño pensando en las casualidades. Nunca hubiera imaginado encontrarme con Nito ese día, ni en ese lugar. Volví y se repitió la primera imagen que había tenido al verlo, la de la soledad.

—¡Ahora me siento mejor! —le dije y continué—: Nunca imaginé que te encontraría aquí.

—Algunas tardes mi señora me pide que lleve a Javier a pasear. Ella tiene reuniones con sus compañeras de trabajo y necesita estar sola. Yo lo traigo a McDonald's, que a él tanto le gusta.

—Y sí... Es ideal para los chicos —contesté mientras observaba el pelotero. En ese instante el pequeño Javier me vio y se acercó a la mesa.

—¡Hola! —le dije.

—Saluda a Gabriel —le ordenó Nito.

—¡Hola! —dijo el pequeño con esa ternura que solo los niños tienen.

—¿Estabas jugando? —le pregunté. Asintió con un ligero movimiento de cabeza.

—Sí. Además, se ha comido una cajita feliz. —Nito lo observaba.

—¡¡Buenísimo!! ¿Y estaba rica?

Volvió a hacer el simpático movimiento con la cabeza.

—Bueno, sigue jugando que nos quedamos un rato más —le dijo Nito, y el pequeño Javier salió disparado como un rayo nuevamente hacia el pelotero.

—¡Qué grande que está!

—Sí, está hermoso.

—¿Y tu cómo estás? —pregunté.

—Bien, bastante bien. Solo que hace unos días que vengo con unos inconvenientes gástricos.

—¿Cómo es eso?

—En la cena estoy tomando vino, apenas dos vasos, con eso me relajo y me voy a dormir tranquilo. El resto me queda para el otro día, ya que nadie más toma. Algunas veces luego de hacerlo tengo que ir al baño, donde todo se resume a una espantosa diarrea con espuma.

—Eso se soluciona fácil, comienza tomando vino de mejor calidad —dije y me reí casi burlándome.

—No, el vino que tomo es bueno; además, no sé si es eso, ya que algunas veces tomo y no me pasa nada.

—Debe ser producto del estado nervioso —dije mientras calmaba la risa.

—Tal vez sí, estos días fueron tremendos para mí... Hablé con el abogado de mi cuñado.

—¿Y qué te dijo?

—¡La semana que viene vuelve a su casa con sus hijos!

—¿Queda en libertad? —pregunté haciéndome el sorprendido.

—Sí, por suerte no hay pruebas en su contra, por lo tanto no fue él quien asesinó a mi hermana.

Lo notaba muy convencido. A veces hay cosas que son mejor dejarlas así. Quizás Nito en su interior sabía que había sido Martín el asesino de su hermana, pero necesitaba que el caso se resolviera lo más pronto posible para que, de esa manera, volviera la armonía a su hogar. Sus sobrinos habían quedado completamente solos y al recuperar a su padre, declarado inocente, se podría recomponer la familia y empezar de nuevo, tal como me lo había dicho con anterioridad. O quizás era demasiado inocente y lo habían convencido de que su cuñado no era el asesino de su hermana, aunque la evidencia era clara. Por supuesto, no iba a decirle nada con respecto a la conversación que había tenido con el taxista; si él estaba convencido y creía que esa resolución era lo mejor para su familia, para mí estaba bien.

Me pregunté qué tipo de intereses habría para dejar libre a una persona que estaba lista para ser condenada. Aquel fiscal había hablado del resultado pero no del porqué; es decir, no había dicho nada acerca de las causas o de los intereses que existían para dejar libre al enano Martín. O quizás el taxista no había sido capaz de obtener esa información, por más hábil que se creyera. Sabía que el banco donde trabajaba Martín estaba presionando y haciendo todo lo posible para que lo dejaran en libertad, pero eso no era suficiente. Tenían que haber otros intereses y otro tipo de poder para resolver el caso de esa manera...

—Bueno, si es para el bien de tu familia, ¡que así sea! —exclamé.

Nito asintió con la cabeza. Le preocupaban mucho sus sobrinos, que quedaran solos... Al regresar su cuñado a la casa, iban a estar contenidos y eso lo dejaba tranquilo, como liberado.

—A propósito, estuve trabajando un poco en los diseños para los relojes —me dijo de buen ánimo.

—¡¡Qué buena noticia!! —respondí sonriendo.

El proyecto había quedado postergado y, al escuchar esas palabras de parte de Nito, sentí que cobraba vida nuevamente; que resucitaba de entre las cenizas, como el ave Fénix, y quizás con muchas más fuerzas, ya que todo lo que no se muere se hace más fuerte. Además me había dado la buena noticia sin que yo le preguntase absolutamente nada. Un sentimiento de alegría recorrió todo mi cuerpo. Habíamos pasado semanas duras, pero la situación comenzaba mejorar. Nito se recuperaba de la pérdida de su hermana y su cuñado quedaba en libertad para ocuparse de sus hijos, rearmando su propia familia. Por lo tanto, todo volvía a la normalidad. Volverían las tardes de música, prepararíamos canciones para tocar en Jam Rock y nos ocuparíamos del proyecto de negocio plenamente.

—Sí, ya tengo algunos diseños terminados. Igualmente todavía faltan muchos, en el *pen drive* hay demasiadas imágenes para trabajar, ¡pero te va a gustar cómo están quedando!

—¡Me alegro mucho Nito! Te estás recuperando y estás volviendo a las actividades, eso me pone muy feliz. Además, nos va a ir muy bien —agregué.

—Sí, yo creo lo mismo.

El encuentro en el McDonald's había sido fructífero, y ni siquiera había sido planeado. La casualidad había hecho que nos encontráramos en ese lugar y que me llevase una grata noticia. Mi amigo Nito se encontraba recuperado y con ganas de retomar el proyecto de negocios. Antes de retirarme, acordamos contactarnos en dos semanas para tener tiempo suficiente de terminar con todos los diseños, y así continuar con el siguiente paso. Salimos y, luego de un abrazo, cada uno siguió camino hacia su casa.

# XII

La siguiente semana no tardó en circular por el barrio primero el rumor y segundo la noticia confirmada de la liberación del enano Martín. Los vecinos se contentaban con su aparición, aunque en lo más profundo de su interior no estaban del todo convencidos de su inocencia. Sin embargo, Martín tenía buena relación con ellos, por lo que había sido bienvenido de vuelta al barrio. La buena relación se extendía también hacia Nito, quien así lo había demostrado.

Yo, por lo pronto, me había dedicado a preparar ciertos detalles del negocio para cuando Nito terminase con los diseños, y así continuar avanzando en el proyecto. También me había sentado junto al piano a practicar algunas canciones, las mismas que formarían parte del repertorio que iríamos a tocar al *pub*. Todo volvía a encaminarse y poco a poco se iban resolviendo los problemas.

Para poder avanzar con el proveedor de la madera necesitaba saber la medida exacta del reloj. Cada proveedor tenía una media distinta de su placa, y necesitaba saber el tamaño de la imagen con el diseño del reloj terminado y listo para enviar a imprimir. De esa manera podría calcular cuántos relojes saldrían por cada placa de melanina y cuál sería el proveedor apropiado para que no sobrasen demasiados recortes, y así aprovechar la madera al máximo. Había pensado incluso que con el sobrante de madera podrían salir dos o quizás tres relojes más de menor tamaño, pero para calcularlo exactamente debía llamar a Nito y preguntarle sobre las medidas de los diseños. Tomé el celular y marqué su número.

—Hola —dijo con voz seca.

—¡Hola, Nito! ¿Cómo estás?

—Aquí andamos, ¿qué pasó?

—Nada, te llamaba para preguntarte acerca de las medidas de los diseños terminados para poder avanzar en el asunto de la madera —expliqué.

—No pude terminar nada todav…

Antes de terminar la frase, lo interrumpí:

—No importan las imágenes que faltan, solo las que están terminadas, es para tener la referencia del tamaño y la cantidad de relojes que van a salir por placa.

—¡Estoy con un problema grave! —contestó casi sin escucharme.

—¡Si sigues tomando vino barato vas a tener varios problemas, además de gastar mucho dinero en calzoncillos! Ja, ja, ja —me burlé.

—No, esto es en serio —me dijo sin inmutarse.

—Bueno, cuéntame —respondí aplacando la risa,

—No, ahora no puedo hablar, yo te llamo.

—Bue… —Antes que respondiera ya había cortado la conversación.

Nito se caracterizaba por ser una persona misteriosa y reservada, pero esta vez esto se veía en todo su esplendor. Ni siquiera me había dejado hablar. Pensé en cuál podría ser el problema que lo afectaba, pero nada se me ocurría. Tal vez algún encontronazo con su envidioso compañero Adolfo le habría significado problemas laborales, o quizás los síntomas gastrointestinales lo habrían llevado a una consulta con el médico, diagnosticándole alguna enfermedad; eso fue lo único que surgió en mi mente luego de haber escuchado de su propia voz las palabras "estoy con un problema grave". Ojalá no fuese nada relacionado con una enfermedad, ya que le habría hecho una humorada con respecto a su molestia que rozaba la burla y, de ser ese el problema, me sentiría arrepentido y avergonzado. Por lo pronto, y como era de costumbre, debía esperar su llamado para enterarme de lo que estaba sucediendo y postergar por unos días el avance con el proveedor de la madera y el cálculo sobre la cantidad de relojes que saldrían por placa.

Fue la noche del miércoles cuando, luego de cenar, me fui directo hacia el piano, quité la funda de tela de sábana color verde improvisada que le había proporcionado y, al sentarme, se activó mi teléfono celular, que comenzó a sonar indicando una llamada de manera inoportuna y, sobre todo, inesperada, proveniente de un número desconocido.

—Hola —atendí intrigado.

—Hola. ¿Habla Gabriel?

—Sí, ¿con quién tengo el gusto? —respondí a la voz femenina que me hablaba del otro lado.

—Habla Gladys, la mujer de Roberto.

—¡Ah… encantado! —exclamé sorprendido, ya que nunca había tenido ningún tipo de contacto telefónico con ella. Solo la había cruzado dos o tres veces en alguna visita a la casa de mi amigo Nito.

—Igualmente —me contestó—. Te llamo para saber sobre Roberto… Sé que sus amigos le dicen "Nito". ¿Sabes algo de él?

—¿Algo con respecto a qué? —pregunté pensando que quería conseguir algún tipo de información que no estaba dispuesto a dar sin antes hablar primero con mi amigo.

—Por ejemplo, ¿¡dónde está!? —dijo en tono acusador.

Esa respuesta sí que estaba dispuesto a dársela sin siquiera tener que mentir, ya que no tenía ni idea de dónde se encontraba y, por lo tanto, no lo metería en problemas.

—La verdad es que no lo sé, debería estar en tu casa en estos momentos.

—No, es que hace cuatro días que no viene a casa —aclaró.

—¿Cuatro días? —expresé de manera incrédula.

Había hablado con él el día viernes de la semana anterior. Desde entonces habían pasado cinco días, lo que significaba que no había vuelto a su casa a partir del siguiente día de nuestra conversación.

—Sí, no tengo contacto de ningún tipo desde hace cuatro días. Su teléfono está apagado, los *e-mails* no los responde, su madre tampoco sabe nada, así que decidí llamar a sus amigos... Disculpa si es molestia.

—No, para nada. Si necesitas algo avísame, yo lo voy a llamar y también le voy a escribir un *e-mail* para ver si me contesta.

—Es inútil, el teléfono no debe tener baterías... Dejó el cargador acá, y en cuanto a los *e-mails*, vengo intentando desde el primer día sin obtener respuestas.

—Ok, de todas maneras voy a intentarlo, tal vez tenga suerte. A propósito, ¿ustedes discutieron o pelearon?

—No, eso es lo que me extraña. Si hubiera pasado eso, sabría por qué se fue pero, por el contrario, nosotros nos llevamos muy bien y nunca discutimos.

—Entiendo... Debe haber otro motivo —dije recordando que Nito me había manifestado lo mismo en cuanto a la relación que mantenía con su esposa.

—Si se fue con otra, ¿por qué no me lo dijo? No tenía por qué hacerme esto...

—¡No creo que se haya ido con otra! ¿Por qué dices eso? Te aseguro que nunca me habló de tener otra mujer.

—Yo sé que se juntaba contigo a tocar la guitarra y quizás te haya contado algo, por eso es que te llamo. Si sabes que él está con otra mujer, dímelo por favor, así no lo espero. ¡¡Estoy desesperada!!

—Gladys, te aseguro que jamás me habló acerca de otra mujer —le confesé y continué—: ¿Se llevó sus cosas?

—No, está toda su ropa aquí; lo único que tiene encima es su mochila.

—Tiene que haber pasado algo, no sé... ¿Has hecho la denuncia en la comisaría y buscaste en los hospitales?

—¡No, todavía no! Primero quiero sacarme la duda de saber si se fue con otra. No es que me haya dado indicios de cosa semejante, pero no me gusta hacer el papel de ingenua, y mucho menos pasar por estúpida. Buscar por todos los hospitales y efectuar una denuncia en la comisaría para que la Policía me diga: "¡Señora, se fue con otra mujer!". Necesito primero asegurarme de que nadie sepa nada para no quedar en ridículo ante todo el mundo.

—Bueno, te acabo de decir que no me consta que se haya ido con ninguna mujer, por lo tanto, puedes hacer la denuncia tranquila, ya que pasaron cuatro días y empiezo a preocuparme.

—Está bien, ahora que me aseguras esto, lo voy a hacer. ¡Disculpa que te haya molestado!

—No es ninguna molestia, por el contrario, cualquier novedad que tengas, por favor, avísame.

—Está bien, buenas noches.

—Buenas noches —respondí.

Luego de cortar me quedé un instante mirando la nada, hipnotizado, aturdido, sin nada en qué pensar. Eran demasiadas sorpresas en pocos minutos. El llamado en la noche, el número desconocido, la voz de la señora de mi amigo, a quien no conocía, y por último, la noticia desalentadora.

Me había llevado una buena impresión de Gladys. Había notado que era una mujer madura, muy educada, respetuosa. La había notado preocupada y hasta angustiada por la situación. Nunca había hablado con la mujer de Nito, y no esperaba que la primera vez que lo hiciera fuera para hablar sobre esa desagradable circunstancia.

Todavía seguía con el teléfono en la mano intentando capturar alguna idea sobre lo que podría estar sucediendo, pero era difícil, solo pensaba en una cosa: "Estoy con un problema grave...".

# SEGUNDA PARTE

# XIII

Aquella noche no dormí. No podía dejar de pensar en lo acontecido. Justo en el momento en que todo mejoraba para él... que superaba el crimen de su hermana; que liberaban al enano Martín, que se ocuparía de sus sobrinos que se encontraban a la deriva, y que le demandaba mucho tiempo el poder asistirlos; que comenzaba a ocuparse de sus tareas, incluyendo la del proyecto de negocios, que se encontraba en marcha, y que se preparaba para tocar en Jam Rock... Todo era muy extraño.

Claro que podría ser solo una escapada, una aventura con alguna mujer. Quizás Gladys no estaba equivocada con respecto a su teoría de que se había marchado con otra y había abandonado a su familia, solo que no lo había conversado conmigo, y él sabía que podía confiar en mí. No tenía sentido no hacerlo. De hecho, siempre lo hacía. Me había revelado cosas aún más graves, pero quizás esa especie premonición, ese sexto sentido que tienen las mujeres, le indicaba a Gladys que se había ido con otra mujer y estaría dando en el clavo, huyendo aquel rápidamente y de manera imprevista con su nueva compañera, sin tiempo para contarle a su amigo lo que estaba ocurriendo.

Pero me preocupaba que fuera otro el motivo de su desaparición y no una simple huida con otra mujer. Tal vez habría tenido un accidente y se encontraba internado en algún hospital luchando por su vida y yo no estaba enterado, ya que Gladys todavía no había realizado la denuncia en la comisaría ni tampoco había buscado en los hospitales.

Todo esto producía que me desvelara aún más, mientras el reloj continuaba moviendo sus agujas perturbando con su sonido un descanso que se esfumaba en la oscuridad de mi habitación. Pero había algo que me decía que se trataba de otra cosa y ponía en jaque a las dos hipótesis, y eso era la conversación que habíamos tenido en donde mencionaba tener un problema grave. La primera de las hipótesis, la que implicaba que se hubiera fugado con otra mujer de un día para el otro, me parecía una locura, ya que Nito no haría una cosa así. Adoraba a su hijo y no lo abandonaría jamás. Además, también quería a su señora; así me lo había manifestado. Me pregunté si sería factible que huyera de esa manera, abandonando al pequeño Javier, sin llevarse un solo bolso con sus pertenencias y sin contárselo a nadie, ni siquiera a su amigo. La respuesta era no: eso no era posible. Quedaba la segunda hipótesis, la que formulaba que podía estar en algún hospital. Esta seguía en pie, aunque de todas maneras nadie terminaba internado en un hospital porque sí. Debería haber ocurrido un accidente, y esto podía ser posible, ya que Gladys aún no había hecho la denuncia, pero... ¿qué problema era el que había mencionado Nito? ¿Por qué no había podido contarme nada en ese momento? ¿Y por qué había desaparecido al día siguiente? Esa era la razón por la cual seguía desvelado sin poder pegar un ojo, observando la oscuridad que invadía mi habitación y escuchando el sonido de las agujas del reloj, que continuaban avanzando sin poder detenerse.

Estaba a punto de sonar el despertador cuando decidí ahorrarle el trabajo. Las agujas marcaban las 6:58 a. m. Era hora de levantarme, aunque no había descansado. La incertidumbre me había robado el sueño y debía ir a trabajar de todas maneras, aturdido por la noticia recibida, mal dormido, preocupado y con unas pronunciadas ojeras.

Fue en la hora de almuerzo cuando aproveché para llamarlo por teléfono. Gladys me había adelantado que era inútil hacerlo, pero al menos debía intentarlo. Marqué su número y rápidamente escuché a la operadora: "El teléfono al que usted llama se encuentra apagado o fuera del área de cobertura". Al menos lo había intentado. Todavía me quedaba la opción de enviarle un *e-mail*, pero para eso debía llegar a casa. Sentía que no iba a tener un resultado positivo, tal cual me lo había manifestado Gladys, pero era una manera de dar el primer paso antes de comenzar con las averiguaciones en hospitales y comisarías. Quizás, al recibir un *e-mail* de parte mía se animaba a responder, tomándome de compinche, y así revelará dónde se encontraba y qué había sucedido.

Encender la computadora y enviar el *e-mail* me llevó apenas unos minutos. En este le preguntaba cómo andaba, ya que hacía unos días que no hablábamos; también le contaba que había intentado comunicarme a su teléfono celular, pero este se encontraba apagado, y que necesitaba hablar con él de manera urgente. Por supuesto, no mencionaba que había recibido el llamado de su señora preguntando por él y, por lo tanto, que estaba enterado de su ausencia. Solo quería que respondiese y así asegurarme de que se encontraba bien. Para el resto habría tiempo.

Decidí luego llamar a Gladys aprovechando que su número había quedado registrado en mi teléfono. Presioné el botón verde y volví a escuchar su voz.

—Hola.

—Hola, Gladys, habla Gabriel.

—Ah hola, ¿qué tal? —respondió en buen tono.

—Bien. Llamaba para contarte que acabo de enviarle un *e-mail* a Nito, quizás responda y tengamos suerte.

—¡Ojalá! Yo debo haberle enviado cerca de diez, pero quizás tengas suerte y a ti sí te responda. En ese caso por favor avísame, al menos para saber que se encuentra bien.

—Quédate tranquila… Quien tenga alguna noticia se la comunica al otro de inmediato, ¿te parece?

—Dale, quedamos.

—De todas maneras, de no obtener respuestas, hay que ir a la comisaria urgente —continué.

—Si te parece vamos juntos, así no me siento tan sola.

—Claro, no hay problemas, yo te acompaño. Todo sea para que aparezca Nito.

—Javier me pregunta todos los días por su padre y ya no sé qué decirle, solo se me ocurrió contarle que está trabajando en un lugar muy lejano, pero si siguen pasando los días se me va a acabar el argumento.

—Entiendo —dije, recordando la carita del pequeño Javier y la buena relación que tenía con su padre.

Antes de cortar la comunicación acordamos en esperar solo dos días la respuesta del *e-mail*. De no suceder esto, iríamos a la comisaria a efectuar la denuncia del paradero de mi amigo, y también realizaríamos una búsqueda por los hospitales. No podíamos esperar más tiempo, si la Policía llegaba a encontrarlo en alguna playa con una hermosa señorita, no iba a lamentar haberlo interrumpido, después de todo, se había comportado como un imbécil al preocupar a toda una familia, y también a su amigo.

# XIV

Como era de esperarse, no hubo ninguna respuesta. Inmediatamente me comuniqué con Gladys y acordamos pasar por la comisaria correspondiente.

—Buenas tardes —saludó el oficial detrás del mostrador.

—Buenas tardes, venimos a realizar una denuncia —contesté adelantándome a Gladys.

—Tomen asiento, en seguida los llaman —respondió sin preguntar qué tipo de denuncia íbamos a realizar.

Por fortuna, no había nadie esperando antes que nosotros. Comencé a observar los cuadros que decoraban las paredes del recinto mientras Gladys tomaba asiento. Noté que el aspecto de la comisaria en general no era de lo mejor; de hecho, se encontraba bastante descuidada y hasta falta de limpieza. En definitiva, poco importaba eso. Solo nos encontrábamos en el lugar para hacer una denuncia y retirarnos de inmediato. A los pocos minutos, de uno de los despachos se escuchó una voz.

—¡Adelante!

Nos miramos con Gladys entendiendo que se dirigía a nosotros. Entramos y detrás de un viejo escritorio de madera robusta se encontraba un joven oficial frente a una máquina de escribir. Esta vez, quien habló fue Gladys.

—Buenas tardes oficial, venimos a realizar una denuncia de paradero.

—Denuncia de paradero —repitió el oficial.

—Sí, más precisamente, de mi marido.

Al escuchar esto el oficial levantó la vista y frunció el ceño, expresando incomodidad. Muchas mujeres acudían a efectuar este tipo de denuncias cuando sus respectivos maridos se escapaban con alguna mujer. Gladys, al notar el gesto del oficial, me miró dándome a entender de qué hablaba cuando decía que no quería hacer el papel de ridícula frente a un oficial en la comisaria. De todas maneras, había que hacer la denuncia, ya que no sabíamos si se trataba de alguna otra situación.

—Ok —dijo el oficial—. ¿Cuántos días hace que desapareció?

—Hace siete días —respondió, y continuó haciéndolo a todas las preguntas que el oficial efectuaba, desde el nombre y el apellido completos del desaparecido, hasta el domicilio, la ropa con la que se lo había visto por última vez, la descripción física, y si había algún motivo en especial por el cual podría haberse ausentado de su casa, alguna discusión o pelea, alguna preocupación especial... incluso si poseía algún problema de salud mental. En cuanto a lo último, Gladys respondió algo en lo que yo no había pensado.

—El goza de buena salud, sin embargo, su padre tenía un problema de amnesia temporal. Salía de su casa y luego se perdía, no recordaba su dirección ni mucho menos dónde estaba, a pesar de que algunas veces solo se encontraba a unas cuadras de su vivienda. Esto comenzó a sucederle repentinamente, por lo que si llega a ser hereditario, quizás le está sucediendo lo mismo a mi marido por primera vez, y se encuentra perdido.

Lo cierto es que aquella era una posibilidad que a mí no se me había ocurrido. Por un momento imaginé a mi amigo vagando por las calles en forma solitaria, sin saber dónde se encontraba y mucho menos cómo regresar. El oficial continuaba escribiendo en su máquina, generando ese sonido tan particular que estas saben emitir. Le pidió los datos personales a Gladys, quitó la hoja de la máquina y le pidió firma y aclaración. Alcancé a leer en el encabezado el lugar y la fecha del día y, en la parte posterior, sus datos personales, que culminaban con su firma y la respectiva aclaración. Luego de haber firmado el documento, dijo:

—Bueno, ya realicé la denuncia, ahora me resta ir a los hospitales.

—No señora —le contestó el oficial, reprendiéndola—. Usted acaba de hacer una denuncia por escrito en la comisaria, con estos datos nosotros nos vamos a encargar de buscarlo, dando aviso a todas las jurisdicciones, y también a todos los hospitales del país.

—Disculpe mi ignorancia —dije yo—, pensé que teníamos que buscarlo nosotros en los hospitales.

—¡Por supuesto que no! — contestó levantando un poco la voz—, para eso estamos nosotros. A través de un comunicado se procede con un rastreo por todos los hospitales del país. Ustedes tendrían que hacerlo de a uno por vez, y eso sería imposible. Además, se efectúa una búsqueda a través de toda la fuerza a nivel nacional, dando aviso a cada una de las comisarias y trasladándola a cada uno de los móviles que patrullan las calles; y en cuanto a los hospitales, no solo buscamos su paradero sino que además solicitamos el registro de todas las personas que se atendieron durante los últimos días en las guardias, e incluso, y de ser necesario, podemos pedir a través de la fiscalía las grabaciones de las cámaras de seguridad de cada uno de ellos. Y todo eso sería imposible de realizar por ustedes. A propósito, ¿podría acercarme alguna foto de su marido para su identificación?

—Sí, cómo no —dijo Gladys—, en mi cartera tengo algunas.

Comenzó a revolver el interior de la cartera para luego sacar una foto familiar en la que se lo veía con ella y con su hijo. A los tres se los notaba muy felices.

—Espere, que debo tener otra —dijo, y sacó una foto documento tamaño 4 x 4 en la que, por supuesto, se encontraba solo.

—Está bien —dijo el oficial—, estas dos son suficientes. Antes de hacer una búsqueda exhaustiva debemos esperar; quizás todo sea un malentendido. De hecho, le tomé la denuncia porque ya ha pasado una semana; de haber pasado dos o tres días no lo hubiera hecho. Muchas mujeres se acercan a realizar denuncias de este tipo y luego sus maridos aparecen por sus propios medios, regresando de algún tipo de juerga o aventura, y ni si quiera nos avisan que la persona ya ha regresado a la casa, haciéndonos perder el tiempo.

—¡Ya lo creo! —contestó Gladys y se levantó para saludar al oficial.

Lo mismo hice yo, y luego de eso nos dijo a ambos:

—Les pido por favor que si llega a aparecer vengan y den aviso, así suspendemos una eventual búsqueda. Caso contrario, vuelvan la semana que viene a preguntar si hay alguna novedad al respecto.

Agradecimos y nos retiramos. Me sentí aliviado al salir de la comisaria, sabía que habíamos dado un gran paso. A Gladys la noté de igual manera. Ya no dependía solamente de nosotros, habíamos ido a pedir ayuda al lugar correspondiente.

—¡Esperemos que la Policía lo encuentre! —manifestó en un suspiro.

—Sí o, mejor aún, que aparezca voluntariamente y que todo esto solo haya sido un malentendido.

—En ese caso va a tener que vérselas conmigo —dijo Gladys.

—Entiendo, no es para menos. De hecho, también yo lo voy a retar un poco.

—Bueno, ya hemos realizado la denuncia, solo nos resta esperar.

—Si en una semana no aparece, nos encontramos aquí mismo, y a la misma hora, ¿te parece?

—Así quedamos —respondió Gladys y nos despedimos en la puerta de la comisaria.

Siete días pueden parecer muchos o pocos, pero para mí habían sido eternos. Cada día que pasaba revisaba mi casilla, le enviaba otro *e-mail*, incluso intentaba comunicarme a su celular sin obtener respuesta alguna. Por suerte, más allá de la urgencia de cada uno, siete días son solo eso, ni más ni menos, y habían transcurridos en el tiempo indicado. Me acerqué a la comisaria y en la puerta se encontraba Gladys con la misma, o quizás con más ansiedad que la mía propia.

—Hola, Gabriel.

—Hola Gladys, ¿cómo estás?

—Y… aquí andamos. ¿Tendremos alguna novedad?

—Vamos a ver —dije, y la invité a ingresar.

Había algo en lo que no habíamos reparado: si la Policía hubiera tenido alguna novedad, habría llamado por teléfono a Gladys sin necesidad de esperar a que se cumplieran los siete días. Quizás ellos esperaban lo mismo; que pudiéramos aportar alguna información o alguna novedad al respecto. Esta vez se encontraban algunas personas dentro del lugar esperando sentadas en el banco en el que se había sentado Gladys la semana anterior.

—¿En qué puedo ayudarlos? —nos dijo un oficial detrás del mostrador.

Luego de que Gladys le explicara la situación, nos invitó a que esperásemos a ser atendidos. Esta vez los dos permanecimos de pie observando la fachada del lugar, que se encontraba obviamente en las mismas condiciones. Debido a la concurrencia, esta vez la demora fue más larga. De otros despachos iban llamando a las personas que habían llegado antes que nosotros hasta que finalmente, luego de unos treinta minutos, se escuchó la voz del mismo oficial que nos había atendido la vez anterior, que provenía del mismo despacho.

—¡Señora Beltrán!

Nos acercamos a la puerta entreabierta.

—¡Adelante! —dijo al vernos.

Nos invitó a tomar asiento mientras ordenaba unos papeles. Los acomodó prolijamente y los depositó sobre su escritorio; luego levantó la vista hacia nosotros.

—Hemos averiguado en todos los hospitales y no se encuentra internado en ninguno de ellos. Tampoco asistió a ninguna guardia ni hay registros de que se haya sido atendido en ningún consultorio.

No sabíamos cómo tomar la noticia que nos estaba dando. Por un lado era buena, ya que no se encontraba hospitalizado, pero por otro lado, Nito seguía desaparecido. Nos miramos con Gladys y, sin emitir sonido alguno, continuamos escuchando al oficial.

—Como lleva quince días en carácter de desaparecido, se abrió un expediente y el caso pasó a manos de la fiscalía número 6 de General San Martín. La misma dispuso un detective, quien se va a encargar de caso. Es el inspector Moreno, quien está llegando en minutos. Cualquier información que tengan para aportar a la causa se la comunican a él, y cualquier duda también se la manifiestan a él.

El oficial juntó la documentación, la metió dentro de un sobre y se la llevó.

—Aguarden acá que ya llega el inspector.

—Ok —respondimos al unísono.

No pasaron ni cinco minutos cuando ingresó al despacho el oficial acompañado de un señor de unos sesenta años, canoso y de bigote negro, seguramente teñido. Llevaba puesto un sobretodo largo color *beige* y zapatos negros en impecables condiciones. El sobre que se había llevado el oficial ahora estaba en sus manos.

—Buenas tardes, usted debe ser la señora Beltrán —dijo mientras le estrechaba su mano—. ¿Y el joven? —preguntó al oficial.

—Un amigo —me adelanté a responder.

—Bueno, los dejo con el inspector —dijo el oficial, quien antes de retirarse saludó a Gladys—. Señora, le deseo mucha suerte.

—Gracias.

Me saludó también a mí para luego marcharse. El inspector se sentó detrás del escritorio, lugar que ocupaba antes el oficial.

—Bien —dijo mientras observaba los papeles—, voy a hacerles unas preguntas, espero puedan colaborar.

—Claro —dijo Gladys, y comenzó con un cuestionario bastante largo, que ya no se trataba de datos personales ni de señas particulares. Más bien eran preguntas propias de un detective; algunas simples, otras más complejas. Preguntó cuántas llamadas telefónicas recibía por día Nito, o cuándo fue la última vez que había enfermado y de qué, entre otras cosas. Gladys respondió a todas ellas mientras el inspector tomaba nota en su libreta. Luego de terminar con el interrogatorio guardó toda la documentación en el sobre y nos pidió que cualquier dato que pudiésemos aportar a la causa se lo comunicásemos. Metió su mano en el interior del sobretodo y sacó dos tarjetas personales. Le dio una a Gladys y me acercó otra a mí. La misma rezaba: "Ricardo Moreno, Inspector".

—En mi tarjeta se encuentran los teléfonos para comunicarse conmigo. Si no estoy yo, los va a atender mi secretario, Gerónimo.

Antes de que se retirara fue Gladys quien preguntó:

—¿Y ahora cómo sigue?

—Bueno, la investigación está en marcha. Por el momento no tenemos ningún indicio, coartada o pista alguna, por lo tanto, estamos en cero. Ha transcurrido un tiempo no muy corto, pero tampoco lo suficientemente largo como para tener alguna conjetura. Por eso mismo es muy importante que la familia colabore en todo lo que pueda para facilitar su búsqueda; de todas maneras, vamos a dar aviso a las organizaciones de búsqueda de personas desaparecidas para que nos ayuden. Incluso podría aparecer un aviso en televisión solicitando su paradero. Pero todo a su debido tiempo.

El detective parecía tener experiencia en este tipo de casos. Le agradecimos y nos retiramos de la comisaria con la sensación de encontrarnos con las manos vacías, pero con esperanzas de obtener buenos resultados, ya que la búsqueda estaba encaminada.

# XV

A Nito se lo buscaba por todas partes: en el bar de la estación, en los andenes, debajo de los puentes, por las calles y por todo lugar donde una persona pudiera estar transitando sin saber dónde se encuentra, ni mucho menos cómo regresar. Quizás el problema de amnesia temporal fuese hereditario y pudiera despertarse repentinamente en cualquier momento. De hecho, don Armando no había vivido toda su vida con ese inconveniente. Volví a imaginar a mi amigo con su mente confundida caminando y vagando por algún lugar sin saber a dónde ir y sin siquiera por qué lo hacía. El solo hecho de imaginarlo me provocaba mucha angustia.

Tan solo dos años antes había impactado en los medios el caso de una joven de veintidós años llamada María Ruartes, quién se había perdido luego de hacer un viaje de mochilera. Según contaban los medios, sufría de un problema similar al del padre de Nito. Quienes la habían visto afirmaban que la joven parecía estar en sus cabales y actuaba de manera normal; nadie se daba cuenta de que, en realidad, ella no sabía dónde estaba ni hacia dónde iba. Un camionero que le dio un aventón atestiguó que había subido a su camión luego de que ella lo parara haciendo autostop y le pidió si la alcanzaba hasta el siguiente pueblo. Parecía muy segura de conocer el lugar al cual se dirigía, por lo cual el conductor accedió a llevarla. Otros testigos manifestaron haberla visto caminando por las calles del pueblo; incluso una señora contó a la Policía que la joven había tocado el timbre de su casa para pedirle algo de comer.

María se trasladaba de un lugar a otro, nunca se quedaba demasiado tiempo en el mismo lugar. La gente comenzó a reconocerla cuando vio el aviso de su búsqueda en televisión, el cual mostraron reiteradas veces. La Policía, a través de las cámaras de seguridad, pudo detectar a la joven en varias oportunidades coincidiendo con los datos de los testigos, pero claro, cuando acudían al lugar, ya no estaba ahí. Las pistas que tenían eran solo las huellas que María iba dejando. Trazaron un mapa con el recorrido que había hecho para determinar no solo por dónde había estado, sino también hacia dónde podría dirigirse.

Cuando las autoridades, que buscaban a lo largo y a ancho del país, tuvieron identificado el perímetro en donde se encontraba, sumado a que la gente ya estaba muy al tanto del caso y de su rostro, María simplemente desapareció. Ya nadie más la vio, ninguna cámara volvió a registrarla; simplemente ya no estaba. La Policía continúo con su búsqueda durante un tiempo, aunque el caso quedó sin resolver. Recuero que este había tenido mucha repercusión en los medios y la gente se encontraba muy conmocionada. Tal vez a Nito le había ocurrido lo mismo que a la joven y andaba deambulando por algún lugar sin que nadie lo supiera. Era una posibilidad, una de las tantas que cabía en el abanico. Todas estas se encontraban abiertas y formaban parte de la investigación, pero sabía que la más favorable era que apareciera por sus propios medios, o que lo encontráramos nosotros, ya que cuando la Policía realiza un llamado a la familia para avisar que encontraron a la persona desaparecida, en general no es una buena noticia sino todo lo contrario.

Recordé que Nito me había dicho que se encontraba con un problema muy grave y eso cambiaba las cosas. Intuía que no se refería a un problema de amnesia repentina, sino a algo más… En su tono de voz había notado una preocupación diferente a la que se podía tener ante un problema de salud, aunque claro, podía equivocarme; solo era una percepción, una simple intuición mía.

Me di cuenta de que no debía guardarme esa confesión. La había mantenido como un secreto que Nito me había confiado, pero dadas las circunstancias, supe que sería muy útil contárselo al inspector Moreno, ya que no lo había hecho en aquella oportunidad. Tampoco se lo había mencionado al oficial que nos había tomado la denuncia, y ni siquiera se lo había dicho a Gladys. Tomé la tarjeta y marqué el número de teléfono.

—Hola, ¿inspector Moreno?

—¿Quién habla?

—Ah... usted debe ser Gerónimo —le dije.

—Sí, ¿con quién tengo el gusto?

—Mi nombre es Gabriel, deseo hablar con el inspector Moreno. ¿Se encuentra?

—En este momento no, si quiere puede dejarle un mensaje y se lo comunico ni bien llegue.

—No, preferiría hablar con él. ¿Le avisa que lo llamó Gabriel, el amigo de Roberto Beltrán?

—Cómo no, se lo comunico.

—Y si es posible, que me llame —manifesté.

—Ok, le digo.

—Gracias.

—De nada —me dijo con tono secó, y volví a guardar la tarjeta en mi billetera.

Ya no podía volver a atrás. En cuanto su ayudante le comunicara que lo había llamado, el inspector no se demoraría en llamarme para que le contara mi inquietud, y tendría que contarle lo que Nito me había manifestado. Sin más remedio, esta vez estaba dispuesto a hacerlo.

# XVI

Al día siguiente salí de la maderera y volví a casa caminando plácidamente por las calles que separaban mi lugar de trabajo de mi hogar. Eran solo ocho cuadras y las conocía de memoria; además de haberlas transitado prácticamente desde el día en que había nacido, las recorría dos veces por día todas las semanas, una vez para ir a trabajar y otra al regresar. Saludaba al diariero, a quien nunca le había preguntado su nombre pero con quien nos conocíamos de vernos todos los días; pasaba por la puerta de la heladería Berp, la cual solo abría en la temporada primavera-verano; por el supermercado, por el kiosco, por la tienda de ropa y también por la casa de electrodomésticos, que abarcaba toda una esquina y tenía montados sobre una de sus vidrieras una docena de televisores de distintas marcas y de distintos modelos con la última tecnología, todos ellos encendidos y sintonizados en el mismo canal. No había manera de que al pasar por esa esquina no girara el cuello en dirección a los televisores sin detenerme y observar lo que sus pantallas mostraban. Solo por simple curiosidad, el televisor, o "la caja boba", como lo llaman, tiene ese magnetismo que hace que las personas le dediquen gran parte de sus vidas a observarlo, incluso a aquellas que, al igual que a mí, no les despierta demasiado interés. Era poco probable que al pasar por la esquina de Electro 2000 no observara la vidriera en la que se encontraban, no una, sino doce cajas bobas.

Pasé por esa esquina, como todos los días, y giré mi cuello hacia a la vidriera casi por inercia, apreciando cómo de la docena de televisores de led se desprendía esa luz brillante que iluminaba toda la vereda en esa tarde gris que empezaba a oscurecer. Caminé cuatro pasos más y detuve la marcha. Un pensamiento nació en mi cerebro y se ejecutó en voz alta como dándome una orden. "Es él". Había visto y reconocido su foto en las pantallas. Era la que Gladys había sacado de su cartera en la comisaría para dársela al oficial, la del formato 4 x 4. En ella se lo veía con expresión seria, tan seria como comprendí, era su situación actual. Retrocedí pensando que quizás la imagen ya no estaría, o que tal vez era de otra persona y mi cerebro me estaba jugando una mala pasada haciéndome creer que era la de Nito pero, al llegar, y para mi sorpresa, aún permanecía la foto de mi amigo multiplicada.

Ingresé rápidamente a la tienda, para así poder escuchar:

Se solicita información para dar con el paradero de Roberto Beltrán, argentino, 47 años de edad, tez blanca, 1.85 metros de altura, contextura delgada, quien desapareció en la zona de General San Martín, en el gran Buenos Aires. El mismo vestía camisa a cuadros, pantalón de *jean* azul y zapatillas grises. Podría encontrarse extraviado y/o desorientado por un problema de amnesia temporal. Cualquier información al respecto, comunicarse a los teléfonos 0800-243-2526, repetimos, 0800-243-2526. Muchas gracias.

El aviso estaba avalado por una asociación de búsqueda de personas desaparecidas cuyo nombre no alcancé a escuchar; supuse que sería como Missing Children pero de personas adultas. Salí de la tienda de electrodomésticos sabiendo que el asunto no solo estaba encaminado, sino que además había ido rápidamente muy lejos, por lo que Nito iba a tener que dar muchas explicaciones a la Justicia cuando regresara. Ya no solamente lo buscaban su familia y su amigo, sino que también lo hacían la Policía, un detective puesto por la Justicia y hasta una organización especializada en búsqueda de personas desaparecidas.

Tomé el celular y marqué el número de Gladys. Quería compartir lo visto con otra persona. Al hacerlo, me atendió una voz sollozando.

—Hola.

—¡Hola, Gladys!

—Hola Gabriel, ¿cómo estás? —me dijo entre sollozos y, sin detenerlos, continuó—: Acabo de ver su foto en televisión.

—Lo sé, también lo vi, y es por eso mi llamado. Acabo de pasar por la puerta de Electro 2000 y estaba el aviso en las pantallas de la vidriera.

—Es horrible que esté pasando esto, hace unas semanas estábamos juntos y ahora tengo que ver su foto en la televisión en un llamado a la comunidad.

Su voz salía entrecortada por su llanto, que se había pronunciado a tal punto que era difícil de entender lo que decía. La noté destrozada, como si su mundo hubiera cambiado por otro más difícil y más triste.

—Cálmate Gladys, ya lo vamos a encontrar.

Pensé que esas palabras podrían aliviar y calmar su llanto, pero continuó de la misma manera. Intentaba decirme algo, pero le costaba emitir palabra alguna.

—Relájate —le dije—, toma un vaso de agua y respira profundo.

Lo hizo y pareció dar resultado. Volvió a levantar el teléfono y con la voz aún tambaleante, me dijo:

—¡Estaba Javier conmigo!

—¡¡Uy, por Dios!! Eso es terrible...

—Sí, nada pude hacer. De haber sabido que pasarían el aviso de su padre por televisión lo habría mandado a su cuarto... Pero fue de improvisto, no lo esperaba y me quedé paralizada; ni siquiera pude apagar el maldito aparato. Los dos quedamos hipnotizados frente a la pantalla y cuando terminó el aviso me largué a llorar desconsoladamente. No solo vio la foto de su padre en un aviso de búsqueda, sino que también presenció toda una escena dramática.

—Lo siento mucho —le dije cuando empezaba a romper en llanto nuevamente.

—¡¿Y ahora qué le digo!? —gritó histéricamente—. Supuestamente su padre estaba trabajando lejos de casa, y ahora ve su foto por televisión…

—Entien… —comencé a titubear. Todo lo que se me ocurría para tratar de aliviar la situación era inapropiado. ¿Que podía decirle? ¿"Ya se le va a pasar, los chicos se reponen rápido"? ¿O que le dijera que era otra persona la que había visto en la tele, que el aviso estaba equivocado?... Solo pude decirle—: ¿A dónde está ahora?

—Está en su cuarto. No sé qué le voy a decir al respecto.

—Sinceramente no se me ocurre nada, Gladys, quisiera ayudarte pero es difícil. De todas maneras, tú eres la madre y lo que se te ocurra decirle él lo aceptará como correcto.

Me escuchó atentamente sin emitir sonido alguno. Cuando terminé, solo dijo:

—Gracias.

—De nada, y quédate tranquila que voy a hacer todo lo que esté a mi alcance para encontrarlo.

—Está bien, te lo agradezco, cualquier novedad nos mantenemos al tanto.

—Por supuesto, besos.

—Besos. —Y cortó la comunicación.

Esta vez quien respiró profundo fui yo, terminado en un largo suspiro. Eran muchas situaciones difíciles las que estaba viviendo, y ahora se le sumaba además una cuota de presión.

Continué el camino hacia mi casa. Al llegar, saqué las llaves de mi pantalón para abrir la puerta de entrada cuando comenzó a sonar mi teléfono celular. Al observar el visor noté que la llamada provenía de un número desconocido. Presioné el botón verde y atendí.

—Hola, ¿Gabriel?

—Sí, ¿quién habla? —respondí frunciendo el ceño al no reconocer la voz.

—Habla el inspector Moreno.

—Ah, cómo le va, ¿le avisó su secretario?

—Así es, me dijo que tenía algo que decirme.

—Sí… ¿Me espera un segundo que estoy entrando a mi casa? —solicité.

—¡Cómo no! —accedió.

Volví a guardar el teléfono en el bolsillo con la llamada en espera. Necesitaba ambas manos para poder abrir la puerta de mi casa, ya que la cerradura estaba un poco trabada y necesitaba una reposición cuanto antes. Tomé nuevamente el celular y continúe con la comunicación.

—Ya está, yo soy el amigo de Roberto Beltrán, ¿se acuerda?

—Sí hombre, sé con quién estoy hablando.

—Ah, ok, quería contarle algo que él me dijo un día antes de desaparecer, es decir, la última vez que habló conmigo.

—¿Tiene algo que ver con lo acontecido? ¿Usted cree que es algo relevante?

—Yo creo que sí, inspector —contesté con seguridad.

—Bien, en ese caso, va a ser mejor que me lo cuente personalmente, y de inmediato. ¿Podría usted venir a mi oficina mañana, digamos… —Hizo una pausa y continuó—: a las 10 a. m.?

—Ok, a las diez —dije sin pensarlo.

—Bien, anote la dirección.

—¡Un segundo! —Tomé una lapicera y un papel que tenía sobre la mesa—. Dígame.

—Salguero 2257 6to A, San Martín.

Reconocí la calle, sabía dónde quedaba.

—Ok, mañana nos vemos —le dije.

—Lo espero.

Luego de cortar la comunicación me di cuenta de que a esa hora debía estar trabajando. En ese momento no lo pensé, sentí que la prioridad era comunicarle lo que sabía al inspector y de inmediato, y al asignarme ese horario, no dudé en aceptarlo. La decisión de faltar al trabajo había sido tomada.

# XVII

Llegué a las 9:50 a. m. El encargado del edificio se encontraba limpiando la entrada con un lustrador en aerosol y una franela, por lo cual la puerta estaba abierta.

—Voy al 6to A.

—Adelante —me dijo, y continuó con sus tareas.

El edificio era un tanto antiguo pero bien conservado. Golpeé a la puerta de madera, que contenía dos vidrios satinados que impedían la visión hacia adentro. Al hacerlo, esta se abrió inmediatamente.

—Buen día, lo estábamos esperando —me dijo un joven que vestía traje gris y camisa blanca, aunque sin corbata, de cabello oscuro engominado y peinado hacia atrás.

—Usted debe ser Gerónimo —le dije indiscretamente.

—Así es. Lo espera el inspector.

Se encorvó un poco y, haciendo un movimiento ascendente con su brazo izquierdo, señaló el lugar donde se encontraba.

El inspector estaba sentado detrás de un antiguo escritorio de buena madera. A sus espaldas, unos cuantos diplomas colgaban de la pared, y sobre la arista cercana a la puerta un perchero invitaba a depositar los abrigos. Su aspecto evocaba a los detectives de las novelas de los años treinta, o a los de las películas de los años sesenta. Trabajaba tanto en casos que le cercaba la fiscalía como también en otros de carácter privado. Me invitó a sentarme para luego preguntar:

—Bien, Gabriel. ¿Qué desea contarme?

Esperando que no se enojara conmigo por no habérselo contado con anterioridad, me limité a revelar mi secreto:

—Un día antes de desaparecer, mi amigo me dijo que estaba con un problema grave.

—¿Cómo es eso? —me dijo con mirada fulminante.

—Sí, lo llamé por teléfono para preguntarle algo acerca de un proyecto nuestro y me dijo eso. Le pedí que me contara de qué se trataba, qué le sucedía, pero solo me respondió que no podía hablar, que pronto me llamaría. Luego cortó la comunicación, y esa fue la última vez que hablé con él.

Moreno se levantó como un rayo de su silla y se dirigió hacia la ventana que daba a la calle, en el frente del edificio. La misma estaba cubierta por una cortina veneciana color aluminio. Presionó dos de sus bandas, abriendo una hendija por la cual se quedó observando hacia afuera. Su mirada estaba perdida. Imaginé que su cabeza estaría pensando y mucho. Luego giró su cuello hacia a mí y me dijo plácidamente:

—Lo que usted acaba de darme no es un dato menor.

—Lo sé, por eso mi necesidad de informárselo, inspector.

Retrocedió lentamente hasta ubicarse nuevamente detrás de su escritorio, apoyó las manos sobre este y se inclinó hacia mí, observándome con mirada inquisidora.

—¿Quién más sabe de esto?

—No, nadie más inspector. Solo usted y yo —le respondí como si estuviera excusándome, sentado en el banquillo de los acusados, y continué—: De hecho, no se lo conté al oficial que nos tomó la denuncia, y ni siquiera se lo comenté a Gladys... Es que no pensé que este asunto llegaría tan lejos. Creí que Nito volvería a su casa normalmente, a lo sumo dando algunas explicaciones a su mujer y nada más. Pero dado el avance de la investigación, los días que lleva sin aparecer y el aviso que vi ayer en televisión solicitando su paradero, decidí hablar con usted de inmediato.

—Entiendo —dijo y volvió a acomodarse en su silla—. Prométame que no va a contárselo a nadie más, ni siquiera a Gladys. No quiero que entorpezca la investigación; además, ya bastante está sufriendo por el solo hecho de pensar que su marido se fugó. Esto va a quedar estrictamente como parte de la investigación.

—Lo sé, de hecho ayer hablé con ella luego de ver el anuncio y estaba destrozada, ya no sabe qué decirle al pequeño Javier.

—Por eso mismo, esto va a ser un secreto entre usted y yo, al menos por ahora, ya que no sabemos a qué se refería con lo de "problema grave". Y dígame... ¿A qué hora ocurrió el llamado?

—Lo llamé por la tarde cuando regresé del trabajo.

—¿Y al otro día usted se enteró de que había desaparecido?

—No, fue después de unos días, cuando Gladys me informó. Me dijo que hacía cuatro días que no regresaba a su casa, y yo lo había llamado cinco días antes.

—Entiendo —dijo mientras me observaba atentamente.

Esta vez no tomaba nota, solo preguntaba y escuchaba atentamente. Lo siguiente se pareció más a un interrogatorio que a una recepción de información.

—¿Qué relación tenía con él?

—Solo éram... —Noté que hablaba de Nito en tiempo pasado, y eso no me gustó—. ¡Solo somos amigos! —respondí enérgicamente.

—Bien, ¿sabe si tenía enemigos, si debía dinero o algo por el estilo?

—No que yo sepa, además, no es una persona de esas que van acumulando enemigos, sino todo lo contrario.

—Cuando le mencionó el problema, ¿lo sintió nervioso, asustado, preocupado, angustiado...?

Antes de que continuara mencionando adjetivos, le respondí:

—Tal vez preocupado, recuerdo que le hice una broma para desdramatizar la situación y me dijo que era algo serio, pero cuando quise saber de qué trataba el problema, solo dijo que me llamaría en otro momento.

—¿Lo notó lúcido, digo, en sus cabales?

—Sí —dije con seguridad.

—¿Se drogaba o tomaba alguna medicación?

—No que yo sepa.

—¿Lo había notado de esa manera que usted dice, preocupado, anteriormente?

—No, era la primera vez. Por lo general siempre se encontraba de buen humor, aunque bueno, todos podemos tener un mal día; es por eso que no le di demasiada importancia al asunto.

—Bien —dijo golpeando el escritorio suavemente—. Es todo por ahora. Le digo cómo sigue la situación: usted no le cuenta sobre esto a nadie, y cualquier información que tenga me la brinda inmediatamente. La búsqueda sigue su curso y yo prosigo con la investigación, ¿de acuerdo?

—Ok —le dije y me levanté para darle la mano. Hizo lo propio y luego no tuve más remedios que preguntarle:

—Inspector, ¿le parece que este dato que acabo de darle puede dar un vuelco en la causa? ¿O será solo un hecho aislado?

Me tomó del hombro y, mientras caminábamos lentamente hacia la puerta, me dijo muy tranquilo:

—Por ahora es solo un dato, importante, claro, pero nada más que eso. Además, según sabemos, solo se lo manifestó a una sola persona. Es por eso que debo seguir investigando y, ante cualquier eventualidad, debemos estar atentos.

Abrió la puerta e hizo una mueca que se pareció a una sonrisa, nos dimos la mano nuevamente y me retiré caminando ligero. Me sentía mucho más liviano al sacarme ese peso de encima y revelarle al inspector todo lo que sabía. Ya no tenía secretos, mi mente estaba libre y con una sensación de haber colaborado; eso me proporcionaba tranquilidad. Moreno tenía al fin un dato importante, un camino a seguir, aunque esperaba que no llegase al final de ese recorrido, ya que ese era el camino que indicaba que algo malo le había ocurrido a mi amigo y, por el contrario, yo mantenía intacta la esperanza de que apareciera por sus propios medios.

Mientras regresaba a casa me propuse colaborar con todo lo que estuviera a mi alcance para terminar con la pesadilla y traer a Nito de regreso, aunque no imaginé que pudiera llegar demasiado lejos.

# XVIII

Al día siguiente, luego de encender la sierra para comenzar a cortar maderas, se acercó el gordo Julián a conversar conmigo.

—Ayer faltaste sin dar aviso, ¿te pasó algo?

—No, solo tuve un inconveniente y no pude venir a trabajar, es todo.

Era la primera vez que faltaba a mi trabajo. Julián me informó que el dueño de la maderera, el señor Mario, había preguntado por mí.

—Bueno, alguna vez me puedo quedar dormido, ¿no?

—Claro que sí —me dijo sonriendo.

Comencé a preparar las placas para sus cortes y sentí como si me observaran. Cuando la madera comenzó a deslizarse a través de la sierra, regresó el gordo Julián.

—¡Ey! ¿Te pasa algo?

Me miraba como si tuviera algo en la cara, algún tipo de erupción, alguna hinchazón o algún tipo de anomalía.

—No, ¿por qué? —respondí con asombro.

—Olvidaste colocarte el protector auditivo —remarcó.

Giré mi cuello y sobre la mesa se encontraba abandonado mi protector de color negro. Parecía un perro al que su dueño había depositado en un campo abandonado para luego salir a toda marcha con su auto, dejándolo en el olvido y cubriéndolo con un tendal de polvo. Hice un ademán con mis manos reconociendo mi falta.

—¡Gracias!

El gordo Julián se retiró observándome como si fuera un bicho raro y desconocido. Esta vez, no solo no había mirado hacia el frente buscando al ingeniero de sonido imaginario, sino que ni si quiera me los había puesto. Esta falta había sido tomada por mi compañero como desconcertante, como si fuera otra persona, o como si fuera la misma pero con un comportamiento distinto y extraño. Lo cierto es que mi cabeza estaba en otro lugar: ya no pensaba en la música, tampoco en el proyecto de negocio que me había tenido tan entusiasmado, solo pensaba en cómo encontrar a mi amigo.

Al salir del trabajo, en vez de transitar las calles que cotidianamente me conducían hacia mi casa, pasando por Electro 2000, la heladería Berp y el puesto de diarios, decidí desviarme hacia la estación de trenes El tropezón y acercarme al bar de su esquina para husmear un poco los lugares a los que solía concurrir Nito. Un libro de los denominados "de autoayuda" que había leído tiempo atrás decía que el poder de la mente era tal que si uno pensaba todo el tiempo en un acontecimiento, si lo visualizaba claramente y lo creía real, este podía suceder, debido a que todo era energía y la mente era una gran fuente de ella; de modo que, al igual que la ley de la atracción, uno podía generar sucesos solo a través del pensamiento y de su poder. No había quedado muy convencido después de leerlo, pero sí era cierto que deseaba con todo mí ser que mi amigo apareciera, y que prácticamente era lo único en lo que pensaba.

A medida que continuaba caminando más me convencía de acercarme hasta el bar de la estación. Me había propuesto colaborar en todo lo que pudiera y, hasta el momento, solo había acompañado a Gladys a efectuar la denuncia y le había contado al inspector Moreno acerca de lo que me había confesado Nito en la última conversación que habíamos tenido; si bien significaba un buen aporte, no era suficiente. Crucé la estación y llegué al bar de mala muerte. Fue impactante ver una imagen del pasado, una que me remontaba a una situación ya vivida. A medida que me acercaba, esta se acrecentaba aún más. Agudicé mi vista para comprobar si era real lo que veía o solo era producto de mi imaginación. "Mi mente me está jugando una mala pasada", pensé.

Llegué a la puerta y me detuve sin dejar de observar minuciosamente. Lo que veía me había dejado perplejo, y comencé a sentir un escalofrío, uno que recorría todo mi cuerpo. El libro estaba en lo cierto, y no en vano sentía la necesidad de acercarme a ese lugar.

Era cierto que el poder de la mente podía generar ciertas cosas. Por ejemplo, puede hacer que recibas el llamado de una persona con la que hace mucho tiempo no te comunicas, pero en quien has estado pensado durante todo el día. Puedes tener el nombre de una persona circulando por tu mente y al llegar a la estación de peaje, cuando bajas la ventanilla para acercar el dinero, la persona ubicada en la cabina gire hacia ti para recibirlo, y lo lees en la tarjeta de identificación que tiene prendida a su camisa. También puedes estar recordando el nombre de algún prócer, de algún Estado, o provincia, salir a dar un paseo con tu auto, pinchar un neumático, detenerte, dar unos insultos y cuando levantas la vista hacia el cartel que indica el nombre de la calle en la que te encuentras, adivina que… sea el mismo que había estado dando vueltas por tu cabeza durante todo el día, seguramente por algún otro motivo, de manera consciente o inconsciente, pero sencillamente el mismo. No sabes bien cómo suceden estas cosas; si uno las atrae a través del pensamiento, con el poder de la mente o cómo… pero cuando suceden las reconoces como tal y, claro, te sorprenden.

Esta vuelta mi mente no había atraído a mi amigo para colocarlo dentro del bar; tampoco el cantinero llevaba su nombre prendido a su delantal. Lo que vi fue algo que ya había visto con anterioridad, y era una imagen que significaba que Nito había estado sentado en uno de los bancos de ese bar apenas unos minutos antes. Sobre la barra se observaban tres vasos de vidrio transparente, los típicos de ese lugar: uno de ellos conservaba dos dedos del resto de una pálida bebida a medio tomar, y más allá, una taza de café con leche recién bebida, con resto del líquido sobre su borde. No podía ser una casualidad. Además, nadie tomaba tal infusión en ese bar: solo Nito lo hacía. Nadie se atrevería a pedir eso en ese bar de mala muerte, donde quien lo hiciese sería burlado y menospreciado por el resto de los parroquianos. Lo observarían como a un leproso a punto de contagiar. A Nito esto no le sucedía porque él era *habitué* de ese lugar y, por lo tanto, era tan local como los otros, y lo respetaban por eso. No pude precisar con exactitud cuánto tiempo estuve parado junto a la puerta de entrada, pero lo estuve hasta que alguien con voz fuerte y ronca me gritó por la espalda, asustándome:

—¡Permiso!!

Me corrí casi tropezando para darle paso al señor cuya apariencia anunciaba, "soy un borracho". El susto me sacó del trance en el que estaba. Sabía que no podían haber pasado más de cinco minutos de la retirada del consumidor del café con leche: el cantinero juntaba y limpiaba los restos todo el tiempo, por lo tanto, era muy reciente. Comencé a observar hacia todos lados, tal vez todavía seguía en los alrededores. Me di vuelta para buscar en todas las direcciones, pero nada. Entonces decidí ingresar al bar y conversar con el cantinero. Nunca había entrado a ese lugar ni tenía intenciones de hacerlo, pero pensé: "Siempre hay una primera vez".

—Buenas noches.

Nadie me respondió; quizás no porque fueran maleducados, sino porque el cantinero se encontraba de espaldas acomodando unas cajas, y el hombre que me había dado un buen susto se había ubicado en la punta de la barra y simplemente estaba en lo suyo. Eran las únicas dos personas que se encontraban en el lugar. Quizás había saludado en un tono muy bajo, sin embargo, repetir el saludo sería como reprenderlos, y eso no era conveniente en ese tipo de lugares. Me senté en el banco junto a la taza y la observé detenidamente desde de muy cerca. Esta no decía mucho, solo era una taza blanca montada sobre un platito del mismo color, en la cual habían estado bebiendo café con leche recientemente. Apoyé los brazos sobre la barra y esperé a que me atendieran.

—¿Qué va a tomar? —preguntó el cantinero mientras me observaba como a un forastero recién llegado del planeta Júpiter. Claro, el bicho raro en ese lugar era yo, y eso era más que evidente. Carraspeé y luego señalé la taza.

—¿Quién estuvo tomando esto?

—¿Perdón? —dijo sorprendido.

—Sí, es que ando buscando a una persona que suele tomar esta infusión en este bar, y al ver la taza supuse que había estado recientemente. —Tuve que contarle mi propósito, de otra forma, al sentirse interrogado me habría negado la información, ya que yo solo era un extraño entrometido para él.

—En este lugar casi nadie toma esto, pero de vez en cuando viene alguien, lo pide y se lo sirvo sin inconvenientes.

—Entiendo, ¿y podría decirme a quién acaba de servirle uno?

—No lo conozco, nunca lo vi entrar al bar. Dijo estar de paso.

Esas no eran buenas noticias, ya que Nito iba bastante seguido a ese lugar.

—Disculpe, ¿y cómo era la persona?

—Unos sesenta años, canoso, no presté demasiada atención. ¿Va a tomar algo o solo vino a hacer preguntas?

La paciencia se le había agotado y su humor estaba cambiando hacia uno malo. Entonces miré hacia donde estaba sentado el hombre que me había dado el susto y noté que me observaba. Sin dejar de mirarlo, respondí con voz altanera:

—Una ginebra.

Nunca había pedido esa bebida, pero casi de manera inconsciente, y para estar a tono con el lugar, lo hice. Todavía me faltaba hacerle una pregunta, teniendo en cuenta que quien había tomado el café con leche no había sido mi amigo, y para poder realizarla debía permanecer un rato en el bar, claro, bebiendo algo. Comencé a beber mi ginebra y en tono amable le pregunté:

—¿Conoce a una persona que viene seguido a tomar café con leche, sobre todo por las mañanas?

—¿Otra vez con eso? —me dijo fastidiado.

—Disculpe, es que lo ando buscando y es el dato más claro que tengo, sobre todo teniendo en cuenta que acá nadie toma eso. —Y continué con otros datos—: Es un hombre de unos 47 años, alto morocho, trabaja en una imprenta...

Al mencionar lo último se le iluminaron los ojos.

—¡Ah...! Debe ser el muchacho que trabaja en publicidad, siempre viene con sus carpetas y talonarios a desayunar y, sí, efectivamente me pide una taza de café con leche y algunas medialunas que por la mañana suelo tener. Pero hace rato que no lo veo, no vino más por acá...

—Ok, entonces sabe de quién hablo. ¿Cuánto hace que no lo ve?

—Hace tiempo que no viene, no sé... unas cuantas semanas por lo menos. ¿Pasó algo?

—No, solo vi la taza vacía y pensé que quizás había estado por acá.

—Es cierto que es casi el único que pide eso aquí, pero lo hace por la mañana, sin embargo, ya le digo... hace rato que no viene.

—Ok, gracias igual.

Terminé de beber la ginebra, pagué y saludé nuevamente. Esta vez las dos almas respondieron a mi saludo:

—Buenas noches —dijo el cantinero, mientras que el hombre de la punta levantó su vaso e hizo un gesto de reverencia con la cabeza.

# XIX

Sentí que encontrar a Nito era tan difícil como encontrar un tesoro escondido. Lo buscaba su familia, lo buscaba yo, lo buscaban el inspector Moreno y hasta organizaciones de búsqueda de personas desaparecidas; sin embargo, no teníamos resultado alguno. El tiempo transcurría y, como era de esperarse, su caso comenzaba a quedar en el olvido. Ya no aparecía su anuncio de búsqueda en televisión; este había sido reemplazado por otros más recientes que buscaban a otras personas. Tampoco se hablaba en el barrio de lo ocurrido. Para la gente, la cuestión significaba una vuelta de página. Sin embargo, para mí estaba latente, nada había concluido y todavía quedaban muchas posibilidades de que apareciera.

Tres meses pasaron de aquella tarde de la taza de café, pero mis expectativas estaban aún intactas. También las de Gladys, a quien había encontrado saliendo de la casa de su cuñado, el enano Martín, y me había manifestado que todavía no había perdido las esperanzas de que su marido volviera para continuar con su relación matrimonial y ponerle fin a la pesadilla. Me invitó a su casa a tomar el té cualquier tarde que quisiera, y me contó que le había dado una buena excusa al pequeño Javier para que creyera que el aviso que habían visto en aquella ocasión era simplemente un error del noticiero y que, por el contrario, su padre se encontraba bien, y que pronto volvería a casa. El pequeño había creído cada una de las palabras de su madre y se había quedado tranquilo esperando, como lo hacíamos todos. Gladys se las había arreglado para convencerlo de que así era.

—Me pone muy contento que Javier se encuentre bien, y también que estés saliendo de la casa de tu cuñado; eso significa que hay buenas relaciones en la familia.

—Sí, claro, siempre nos llevamos bien con Martín, y lo mejor en estos casos es que la familia se mantenga unida, o por lo menos lo que queda de ella —dijo un tanto resignada.

—Es cierto, es momento de estar unidos; la unidad hace a la fuerza, ¿no? —dije desarticuladamente para descomprimir la tensión.

—Ya lo creo, bueno… Puedes venir a casa cuando quieras a tomar té —dijo despidiéndose.

—Ok, estoy un poco complicado con mis horarios, pero en cuanto pueda iré.

Luego de saludarnos subió a su auto y se fue. Lo mismo hice yo, quedándome con una buena sensación. Siempre sucedía eso luego de hablar con ella, era una persona muy pacífica; su hablar pausado y su manera de desenvolverse la convertían en una persona encantadora. El inspector Moreno me había manifestado lo mismo en alguna comunicación que habíamos tenido. Se había reunido con ella en algunas oportunidades para entrevistarla y poder conseguir algún dato nuevo en la investigación, y había quedado con la misma sensación; incluso mi amigo también lo decía. No solo deseaba encontrar a Nito para seguir disfrutando de su compañía, de las tardes de música, de las anécdotas compartidas, e incluso del proyecto que esperaba ansioso poner en marcha, sino que también quería devolverle a su padre al pequeño Javier, que tanto necesitaba y extrañaba, y su marido a Gladys, quien mantenía intactas las esperanzas de que este volviera para así recomenzar su relación.

Dos días más tarde, en la verdulería de don Antonio, una señora de lentes oscuros —no de esos de sol, sino de los que se recetan como consecuencia de alguna anomalía visual— acomodaba lentamente en su changuito las frutas y verduras que acababa de comprar. El paso del tiempo había hecho estragos en su apariencia, sumado a algunas enfermedades propias de la vejez. La observé detenidamente y un brote de ternura surgió en mí al punto de la emoción.

—¡Hola, doña Carmela!

—¡Hola querido!, ¿cómo estás? —dijo reconociéndome de inmediato.

—¿Bien, y usted?

—¿¡Cómo quieres que esté!? —exclamó. En su estado de ánimo manifestó todo su pesar.

—Lo sé —asentí, sabiendo por demás a qué se refería.

Hacía no mucho tiempo había sufrido la pérdida de su hija en un episodio por demás desagradable y ahora su hijo, su único hijo varón, se encontraba desaparecido y sin dejar ningún tipo de rastro. Era demasiado para un mujer de avanzada edad, demasiado dolor para una madre. Podía notar y sentir la pena que la señora llevaba en su interior. Sus ojos a través de los oscuros vidrios así lo denotaban. La pena repercutía negativamente haciendo estragos en el estado físico y emocional de doña Carmela, superando los de la vejez, e incluso superando los de cualquier problema de salud que pudiera tener. Lo hacía como un tornado arrasa con todo lo que encuentra a su alrededor, sin dudarlo y sin medir las consecuencias.

—¡Ya va a aparecer! —le dije suavemente, tomándola de un hombro para consolarla.

—Es lo único que espero. La única fuerza con la que cuento para levantarme de la cama todos los días es creer que va a regresar sano y salvo…

—Todos así lo deseamos; se está haciendo todo lo posible, se lo está buscando por todas partes.

—Lo mismo me dijo el inspector ese… ¿Cómo se llama?

—El inspector Moreno —le dije ayudándola.

—¡Ese! —exclamó—. Para mí son puras palabras: pasa el tiempo y mi hijo no aparece.

Nito era la única persona con quien ella contaba, su única familia además de los nietos, pero estos últimos no iban nunca a visitarla, como sí lo hacía él.

—Entiendo… Tengamos fe en que regresará.

Doña Carmela me miró detenidamente a los ojos. A través de ellos pude ver la tristeza; la había sentido en varias oportunidades, pero nunca la había visto tan de cerca. Era tan espantosa… era como ver el infierno mismo. Tuve ganas de salir corriendo, pero me tomó con sus manos y apretó fuertemente una de las mías; la fuerza con la que lo hizo se contradecía con la apariencia de una anciana débil y desganada, no concordaba en lo absoluto. Me encontré sorprendido, quizás el poder del amor que una madre tenía para con su hijo, ese que es incondicional, lo había hecho posible, dejándome sorprendido. Luego me dijo:

—¡¡Encuéntralo!! ¡Encuentra a mi hijo!!

La energía que emanaba a través de sus arrugadas manos recorrió todo mi cuerpo; pedía ayuda, pedía auxilio. Así lo transmitía y así lo recibí. Emocionado casi hasta las lágrimas, le respondí:

—¡Quédese tranquila, voy a hacer todo lo que esté a mi alcance!

Sus ojos parpadearon lentamente. Golpeó suavemente mi mano y, sin dejar de mirarme a los ojos, balbuceó:

—¡Gracias!

Luego tomó la manija de su chango y se retiró lentamente, volviendo a adoptar su comportamiento de persona en edad avanzada. Don Antonio presenció el tenso momento sin emitir sonido alguno; era la única persona, además de la madre de Nito y de mí, que se encontraba dentro del local y, por supuesto, estaba al tanto de lo ocurrido.

Deseaba que Nito apareciera por mí, por Gladys, por el pequeño Javier, y ahora se le sumaba un nuevo integrante, doña Carmela, quien me había conmovido de una manera sin igual. La situación se iba transformando poco a poco en otra cuestión: ahora pasaba a ser también algo personal.

# XX

Corría el invierno del año 2012 y las calles estaban desiertas; sus árboles pelados y tristes. Los fuertes vientos movían sus resecas ramas de un lado al otro, maltratándolos como un gato mueve de un lado a otro a un ratón recién atrapado, teniéndolo a su merced y decidiendo qué hacer con él en cada momento. La gente salía de su respectivo trabajo para meterse rápidamente en sus casas, y lo mismo hacía yo. Era un invierno realmente muy crudo, y sería el más largo de mi vida.

Había conseguido obtener todos los diarios que hablaban acerca de la desaparición de Nito y había recortado y pegado las notas en una carpeta, de manera prolija y ordenada, por fecha de aparición. La revisaba todas las tardes tratando de encontrar algún indicio, alguna pista que el inspector no hubiera llegado a detectar. Abría la carpeta y leía atentamente cada uno de los recortes, con lapicera en mano, preparado para anotar cualquier patrón que se repitiera, o ideas de lo que podía haber sucedido. Repetía este comportamiento todas las tardes: llegaba del trabajo, preparaba un té, tomaba la carpeta, una lapicera y releía los recortes, a pesar de sabérmelos de memoria. No había logrado anotar absolutamente nada. Los artículos no ayudaban mucho; solo informaban lo sucedido sin hacer notar ningún indicio o pista de cómo y por qué había ocurrido. Al leer los artículos una y otra vez, solo venía a mi mente un pensamiento... Las palabras de doña Carmela: "Son puras palabras, pasa el tiempo y mi hijo no aparece".

Me preocupé al darme cuenta de que el asunto de pegar recortes en una carpeta y leerlos todas las tardes se estaba convirtiendo en una obsesión. Jamás hubiera imaginado que haría algo así. Esos comportamientos correspondían a personajes de novelas de suspenso y de terror, donde justamente quien se comportaba de esa manera no era la persona que intentaba encontrar a su ser querido, sino el propio asesino, el loquito de la obra. Comencé a reír. La risa continuó con mayor intensidad, transformándose en carcajadas. Ahí me encontraba... solo en mi casa, sentado junto a una mesa, observando una carpeta llena de recortes de diarios que trataban sobre una persona desaparecida, riendo a carcajadas. Reía como un demente aquella noche tempestuosa perteneciente al invierno más crudo de los últimos años.

En un momento me detuve. Paré de reír e imaginé que si entraba alguien a la casa, si cruzaba la puerta y me encontraba en esas condiciones, estaría en problemas, y graves. Imaginé al inspector Moreno ingresando a mi casa queriendo preguntarme algo, o peor aún, entrando detrás de la Policía con una orden de allanamiento en la mano luego de que estos derribaran la puerta a patadas y me encontrasen en esa situación: solo junto a la mesa, con una carpeta llena de recortes de diarios y riendo a carcajadas, que quizás se harían más pronunciadas por lo bizarro de la situación. Solo tendría dos alternativas: ir a la cárcel como principal acusado de la desaparición de mi amigo o, directamente, al loquero por no estar dentro de mis cabales.

En lo que refiere a la Justicia, cualquier excusa es buena para poder cerrar un caso y que el culpable no quede impune, y en esta ocasión, las pruebas serían más que suficientes. No sería la primera vez que ocurriese algo semejante, además, ¿por qué no podía ser uno de los sospechosos de la desaparición de mi amigo? Todo era posible. Recordé entonces la película *Corazón satánico*, protagonizada por Mickey Rourke, en la que el actor encarnaba a un detective que intentaba descubrir una serie de asesina-

tos. Su problema era que cuando encontraba a algún sospechoso, o a alguien a quien interrogar, estos aparecían muertos. Llegaba al domicilio de estas personas y las encontraba recientemente asesinadas. Para cuando lograba darse cuenta de lo que
estaba ocurriendo, ya era demasiado tarde; él mismo había ase-
sinado a todos.

Salí de esa especie de trance imaginario y me dije a mi mismo:
"Gabriel, deja de pensar en pavadas". Estaba yendo demasiado
lejos, al punto de que, con el afán de encontrar la causa de la
desaparición de mi amigo, me estaba incriminando a mí mismo,
y en este caso no se trataba de una película. Tampoco era yo
Mickey Rourke; esta era la vida real, y me convenía mantenerme
dentro de mis cabales. Respiré profundo para aclarar mi mente y
bebí un sorbo de té, que ya se encontraba helado. Cerré la carpeta y la guardé en un lugar seguro. "No vaya a ser que alguien
la encuentre y me meta en aprietos", sonreí.

Para investigar se encontraba el inspector Moreno, quien se
dedicaba a eso. Yo simplemente intentaba colaborar, ya que los
tiempos de los detectives, al igual que los de la Justicia, no son
los mismos que los de la familia y los amigos de una persona
que se encuentra desaparecida. Cada día que pasa para los alle-
gados es una tortura, mientras que para un detective, al igual que
para la Justicia, solo es un caso más entre tantos otros. Es por
eso que intentaba encontrar algo, alguna pista, algún indicio que
pudiera colaborar en la reaparición de Nito.

# XXI

Desde mi adolescencia, época en la que nos enviábamos cartas con mi novia, no había vuelto a sentir esa sensación tan particular. En aquella época era común y corriente comunicarse por ese medio, sobre todo si se trataba de un ser amado, ya que tenía también un sentido romántico y hasta glamoroso. Pero además, en ese entonces todavía no estaba implementado el sistema de correo electrónico a través de una PC, por lo tanto, la única manera de comunicarse a través del texto era por medio de una carta.

Cada vez que recibía una mi corazón palpitaba de emoción. El solo hecho de recibir un sobre y notar que dentro de él existía una carta dirigida hacia mí lo provocaba. Era la intriga, la sensación de saber que alguien se había tomado un tiempo para dedicarme unas líneas. Era abrir el sobre con mucho cuidado para que no se dañara el papel impregnado de tinta que formaba palabras escritas de puño y letra de quien la enviaba, logrando así un texto dirigido hacia mí. Esa intriga quedaba un tanto aplacada cuando, al tomar el sobre, leía el remitente y este revelaba que la carta había sido escrita y enviada por mi novia, aún sin haberla abierto. Pero la sensación de intriga era suplantada por otra aun mejor: yo esperaba y deseaba recibir cartas de parte de ella, por lo tanto, la sensación era reemplazada por otra de alegría; era una sensación de "¡Llegó...!". Esta costumbre se repetía habitualmente, ya que vivíamos a más de sesenta kilómetros de distancia, y era en ese entonces la mejor manera que teníamos de comunicarnos.

Esa tarde llegué a casa con una sola idea clara: calentar agua para tomar un té caliente y apaciguar el espantoso frío, para luego repasar la carpeta de recortes. Saqué las llaves de mi bolso, coloqué la indicada en la cerradura, le di dos vueltas en dirección al picaportes y al abrí la puerta oí un sonido muy particular. La puerta arrastraba papeles que se encontraban debajo de ella. Al cerrarla, estos quedaron liberados. Me agaché a recogerlos y noté que se trataba de tres sobres. El primero era la cuenta del teléfono, que llegaba ensobrada en material plástico; el segundo era uno similar correspondiente a la factura de gas, la cual suponía que sería elevada durante ese período por haber tenido encendidas las estufas durante varias horas al día. Cuando pasé al tercero, vi que se trataba de un sobre convencional de papel blanco, y fue en ese entonces cuando recordé a mi novia de la adolescencia. Inmediatamente di vuelta el sobre y del otro lado se apreciaba la misma condición: estaba en blanco. No solo no esperaba recibir una carta de mi noviecita de la adolescencia en esta etapa de mi vida, sino que tampoco lo esperaba de ninguna otra persona, ya que esto no sucedía desde aquellos antiguos años. La tecnología se había encargado de eliminar casi en su totalidad el correo convencional. Este además era un sobre que no tenía impreso ningún sello postal, por lo tanto, había sido arrojado por debajo de mi puerta por alguien en particular. A trasluz noté que contenía un escrito dentro. Tomé el sobre que contenía la factura de teléfono, lo abrí… y no encontré nada fuera de lo normal. Lo mismo hice con el sobre de la compañía de gas, y observé que la factura había llegado con un incremento del cien por ciento, es decir, el doble que en el periodo anterior. Giré mi cabeza lentamente en expresión de resignación. "Era sabido", pensé.

Luego tomé el último de los sobres; el de papel blanco ordinario; el que no había llegado a través del correo, sino que alguien se había tomado la molestia de depositar por debajo de mi

puerta; el que no coincidía con los sobres que recibía habitualmente; el que estaba en desuso. Por un instante fantaseé que
podría traer noticias de Nito. Quizás incluso él mismo habría
depositado el sobre debajo de mi puerta. Las probabilidades no
eran muchas, pero las esperanzas estaban intactas. Eso provocó
cierto nerviosismo en mí que hizo que abriera el sobre de inmediato. Al hacerlo encontré dentro un papel especial, uno que
nunca había visto antes. Era un papel fino de alto gramaje, no
convencional y de alta calidad. Este estaba doblado en dos y, al
desplegarlo, un escalofrió recorrió todo mi ser, dejando mis
manos temblorosas. Muchas cosas pasaron por mi mente. En
un instante mi ansiedad se desvaneció, reemplazada por la inquietud. Nunca antes había recibido algo semejante, ni tampoco
pensaba que lo haría. Al desplegar la carta, en letra gótica de
gran tamaño, escrita con pluma y tinta de un color rojo fuerte y
opaco, rezaba la frase:

*Deja de meterte en lo que no te
corresponde o lo pagarás muy caro.*

Al leer la frase comencé a girar y a observar hacia todos lados, como para asegurarme de que nadie más estaba en mi casa.
Pensé que quien la había depositado tal vez estuviera escondido
en alguna parte observando mi reacción y asegurándose de que
había leído el mensaje. Sentí horror, pero lo que más me horro-
rizó no fue la frase en sí, sino lo que seguía a continuación:

Era un gravado muy extraño que nunca había visto antes. Tampoco comprendía su significado, pero sin dudas gritaba al menos dos cosas: la primera, que no podía ser nada bueno, ya que se encontraba al pie de una frase amenazante, y la segunda, que quien lo había enviado se lo había tomado muy en serio y por nada del mundo parecía ser solo una broma de mal gusto. Inmediatamente, y con la carta en mano, salí afuera e hice lo mismo que había hecho dentro: comencé a observar hacia todos lados asegurándome de que no había nadie cerca, al menos no quien había depositado el sobre por debajo de mi puerta. Obteniendo el mismo resultado, ingresé nuevamente, aseguré la puerta y tomé la carpeta de recortes. Ahora tenía un documento muy valioso para agregar. ¿Quién sería el autor de esa carta, y por qué me la enviaba a mí? El propósito de semejante amenaza era, sin dudas, que me quedara quieto; que dejara de intentar averiguar qué había sucedido con mi amigo Nito. Evidentemente mi esfuerzo por encontrarlo estaba dando resultados, al menos me acercaba a los responsables de su desaparición. La carta no hablaba de secuestro, mucho menos pedía recompensa, solo amenazaba, intimidaba y asustaba para que no continuara con la búsqueda.

Pero… ¿Por qué a mí? Había un inspector a cargo de la investigación… él era quien se ocupaba del caso de manera oficial, yo solo intentaba colaborar junto a su familia para que todo volviera a la normalidad cuanto antes, y lo hacía sin tener ningún tipo de experiencia como detective; solo lo hacía con un propósito: colaborar. En caso de un pedido de rescate, tampoco debería ser yo el elegido para recibir la carta. En ese caso supuse debería ser enviada a la familia, y no en forma de carta sino a través de un llamado telefónico. Además, tampoco era el indicado en cuanto a una cuestión económica: mi situación no demostraba de ninguna manera que podía pagar algún tipo rescate, por más bajo que fuera su monto. Solo era un simple operario. Tampoco era adinerada la familia de Nito: su madre era jubilada y Gladys solo se desempeñaba como maestra, y ahora debía arreglárselas sola para mantener su casa. Quien había escrito la carta evidentemente conocía esos detalles, es por eso que no solicitaba ningún pedido de pago de rescate; solo amenazaba, solo quería que no me entrometiera en su camino.

Nuevamente pensé: "¿Por qué a mí...?" Todo lo que había intentado hasta el momento lo había hecho por mi cuenta, personalmente, intentando colaborar, sin molestar a nadie, y sin ningún resultado favorable. Además de preocupado y asustado, ahora me encontraba también desconcertado.

Decidí llamar a Gladys y ponerla al tanto de la situación; quizás ella también había recibido otra carta similar. Tomé el teléfono celular y marqué su número.

—Hola, Gladys. ¿Cómo estás?

—Bien Gabriel, ¿y tú?

—Aquí andamos, esperando alguna noticia de Nito. A propósito ¿Tú recibiste una carta o algún tipo de amenazas?

—No, ¿por qué me lo preguntas?

—Porque acabo de recibir una —le dije resignado.

—Cómo... no entiendo, ¿qué pasó?

Noté la angustia que brotaba de sus palabras a través de su voz; sin más remedio, procedí a contarle.

—Hoy llegué a casa luego de trabajar, como todas las tardes, y al abrir la puerta me encontré con algunos sobres. Dos de ellos eran facturas de servicios, y el último era un sobre de papel blanco. Me llamó la atención que no tuviera ningún sello postal, por lo cual deduje que alguien lo había depositado debajo de mi puerta personalmente. Al abrirlo leí que decía: "Deja de meterte en lo que no te corresponde o lo pagarás muy caro".

—¿Pero qué significa eso? ¿Entonces hay alguien detrás de todo esto? ¿Lo tienen a mi marido secuestrado?

Su angustia se intensificó casi hasta las lágrimas.

—Tranquila Gladys, solo quería saber si habías recibido otra, para que te quedes tranquila y sepas que estamos juntos en esto. Es importante mantenernos al tanto si algo sucede.

—No, yo no recibí nada de eso, pero de todas maneras no me quedo para nada tranquila ¿¡Cómo van a hacer una cosa así!?

Es una amenaza muy grave. ¿Ya halaste con el inspector Moreno?

—Todavía no, quería primero contártelo a ti para informarte y tranquilizarte en caso de que también hubieras recibido una, o en caso de que lo hagas en algún momento.

—Gracias… Igual estoy preocupada. Es indistinto quién la haya recibido, no deja de ser una amenaza, y eso no me gusta nada ¡Por favor, comunícate de inmediato con el inspector!

—Lo haré, no te preocupes.

—¡Y por favor, Gabriel, no te involucres más! Esto puede ser muy peligroso.

—¡Lo sé! Solo intento colaborar en la búsqueda de Nito.

—Ya sé, y es lo que queremos todos. Sé que lo haces de buena fe, pero mira lo que me acabas de contar; no quisiera que te suceda algo malo… Déjale ese trabajo al inspector, que sea él quien se encargue de encontrarlo.

—Está bien Gladys, prometo involucrarme lo menos posible.

—Por favor, y comunícate con el inspector Moreno de inmediato.

—Ok, buenas noches.

—Buenas noches.

Mi propósito era asistir a Gladys por si acaso había recibido algún tipo de amenaza, o de tranquilizarla en caso de que la recibiera en algún momento, pero había fracasado. No solo se había angustiado al recibir la noticia, sino que ahora también estaba preocupada por mí; y eso que había decidido saltearme la cuestión del símbolo, lo cual hubiera agravado aun más la situación. Debía llamar al inspector Moreno y ponerlo al tanto de lo ocurrido, pero no lo haría sin antes investigar, hasta donde pudiera, todo lo relacionado con la carta. Encendí la computadora, preparé un té y, mientras afuera los árboles murmuraban sigilosamente, sin darme cuenta comencé a involucrarme aun más en algo que parecía no tener vuelta atrás.

Comencé por investigar acerca del papel. Este no era uno ordinario, uno común y corriente, sino que era más bien uno de tipo especial. Luego de navegar algunos minutos por Internet, logré ver en la pantalla el mismo tipo de papel. Tomé el que había recibido para corroborar que fuera el mismo, y así fue. Se trataba de un tipo de papel perlado color marfil de alto gramaje utilizado, entre otras cosas, para invitaciones de bautismo, comuniones, cumpleaños de quince, bodas, etc. No era muy común que la gente utilizara ese tipo de papel; de hecho, no se conseguía en cualquier librería. Debía provenir de una de las grandes o, tal vez...

Una señal de alarma cruzó brevísimamente por mi mente. "De una imprenta". La persona que me había dejado ese sobre conocía muy bien a qué se dedicaba Nito. Además de su familia y yo, solo sus compañeros de trabajo sabían de su actividad. Quizás también lo sabía el cantinero del bar de la estación, pero éste nada sabía de papeles especiales. No estaba seguro de cuántas personas trabajaban con él en la imprenta, pero sí estaba al tanto de uno de ellos... Adolfo. Él sentía mucha envidia por Nito, y ese sentimiento se había ido agravando con el tiempo hasta transformarse en odio. Además, él tenía el conocimiento y el acceso a este tipo de papel sofisticado. Ya tenía al principal sospechoso de la desaparición de mi amigo; después de todo, no era tan malo investigando, y eso que lo hacía de manera gratuita. Una sonrisa se dibujó en mi rostro. Luego volví a la realidad. Debía llamar al inspector y contarle todo acerca de lo sucedido y sobre el indicio que tenía, pero antes preferí continuar buscando información, en este caso, del símbolo.

Esta vez la búsqueda fue ardua, ya que aparecían cientos de símbolos de distintas temáticas y no tenía idea de cómo especificar la búsqueda. Continué navegando hasta que, de repente, comenzaron a aparecer en la pantalla una serie de símbolos diabólicos y, debajo de los mismos, su significado. Me sorprendí cuando encontré el que buscaba. Tomé la carta y lo observé detenidamente, ya que había muchos similares. Cada rasgo, cada curva que formaba el símbolo era idéntico al que tenía frente a mí en la pantalla. Una sensación de alivio brotó dentro de mí al darme cuenta de que por fin había encontrado lo que buscaba.

A la vez, un escalofrío recorrió mi cuerpo cuando bajé el cursor y pude leer su significado: "Sello de Lucifer".

La carta que me habían dejado por debajo de la puerta contenía una seria amenaza y, además, tenía grabado el sello de Lucifer. Quedé estupefacto. Me levanté de la silla y fui hacia la puerta de entrada para asegurarme de que estuviera bien cerrada. Luego recorrí toda la casa corroborando que no hubiera nadie más dentro. Entré a cada una de las habitaciones, pasé por el baño y por la cocina. Para mi tranquilidad, no había nadie más que yo. Me encontraba en soledad con mi alma dentro de mi modesta casa que parecía una mansión, o el miedo así me lo hacía sentir. Me dirigí hacia el mueble del comedor donde reposaba una estatuilla del arcángel Miguel. En ella se lo apreciaba con sus alas desplegadas, sosteniendo y empuñando una espada con su mano derecha, mientras que en el piso, vencido y con su cabeza debajo del pie izquierdo del arcángel, se encontraba el mismísimo Satanás. Tomé la estatuilla entre mis manos y me la llevé al pecho para apretarla fuertemente, como queriendo incorporarla dentro de mí.

Afuera el viento soplaba con mayor intensidad, provocando que el miedo se acrecentara. Volví a sentarme frente a la computadora, esta vez con la estatuilla de Miguel arcángel cerca de mí. Necesitaba saber algo más acerca del símbolo... De qué se trataba, quién podía habérmelo enviado. La información existente era muy escasa; solo decía que el sello pertenecía a sectas satánicas y era utilizado por estas; sectas que eran representadas por ese símbolo. ¿Una secta satánica me enviaba una carta amenazante a mí? "¿En qué te has metido, Nito, y en qué me estoy metiendo yo?", exclamé para mis adentros.

Eran altas horas de la noche pero debido a la importancia del acontecimiento, y debido a que el inspector me había manifestado que ante cualquier noticia relevante me comunicara con él de inmediato, tomé el teléfono y marqué su número. Luego de unos instantes, respondió.

—Hola inspector, disculpe la hora, le habla Gabriel.

—Ah... qué tal Gabriel, no es ninguna molestia. ¿En qué puedo ayudarle?

—Quisiera contarle algo que acaba de ocurrir.

—Cómo no, dígame. —Su interés pareció despertarse rápidamente.

—Recibí una carta con amenazas y un extraño símbolo.

—Parece ser información seria. Guarde el sobre con la carta en una bolsa de *nylon* y procure no tocarla demasiado, ¿entiende?

—Entiendo —dije obediente.

—Y venga a verme mañana por la mañana, puede tratarse de una pista importante.

—Ok, ahí estaré. ¿Le parece bien a las 9 a. m.?

—Perfecto, lo espero.

—Buenas noches, inspector.

—Buenas noches.

Evidentemente yo no era tan buen detective como había creído. Se me había pasado por alto algo fundamental: no contaminar una prueba con huellas digitales. Ya era demasiado tarde, había manipulado tanto el sobre como la carta una centena de veces, impregnándola con mis propias huellas dactilares una y otra vez. De haberlo sabido hubiera tenido más cuidado... Pero había sido inevitable, necesitaba saber de qué se trataba la carta, ya que yo era ni más ni menos que el destinatario de aquella.

# XXII

Nuevamente había olvidado por completo de que a esas horas debía estar trabajando, pero las circunstancias ameritaban que lo hiciera. Además, qué le hacía otra pequeña mancha más al tigre; después de todo, mi desempeño en la maderera siempre había sido impecable. Lo preocupante no era que faltase al trabajo sin previo aviso, sino que ni siquiera tenía en mente mis obligaciones. El ocuparme de la búsqueda de Nito estaba afectando mi comportamiento normal y cotidiano.

Sonó el despertador a las 8. Había tenido una noche terrible. Mi sueño y, a través de él, mi descanso se habían visto afectados por la amenazante frase recibida el día anterior que, sumada al asunto del símbolo, habían logrado el jaque mate a mi descanso. A mi lado se encontraba la estatuilla de Miguel arcángel, quien me había hecho compañía durante la larga y dura jornada.

Llegué a la oficina del inspector puntualmente. Me esperaba ansioso; no había terminado de golpear su puerta cuando esta ya se estaba abriendo. Esta vez no se encontraba su secretario y ayudante, Gerónimo, por lo que sería una conversación absolutamente privada.

—Hola Gabriel. Un gusto, como siempre —dijo mientras acercaba su mano para saludarme.

—Igualmente, inspector.

—Tome asiento, ¿le sirvo un café?

—Bueno, le acepto.

Mientras lo servía observé el lugar. No había dudas de que se trataba de la oficina de un detective; así lo decía todo.

—Bien Gabriel, cuénteme qué fue lo que sucedió

—Ayer por la tarde llegué a casa luego de salir del trabajo, y cuando…

—¿A qué hora? —interrumpió.

—Aproximadamente a las 6.

—Bien, continúe.

—Cuando ingresé a mi domicilio me encontré con esto. —Tomé la bolsa que contenía el sobre con la carta adentro y se la entregué. Abrió uno de los cajones de su escritorio, sacó un par de guantes de látex y procedió a revisar la información. Observó la carta detenidamente y sin inmutarse mientras del otro lado del escritorio yo esperaba impaciente alguna reacción. Sabía que la información era relevante, seguramente de las pistas más importantes con la que contaba, pero procedía con mucha cautela. Luego de unos minutos, aún con la carta en la mano, me miró fijo a los ojos.

—A no ser que se trate de una broma de mal gusto, esto es algo serio.

—Lo sé, por eso vine inmediatamente.

—¿Alguien más sabe de esto?

—No, solo usted y Gladys. A ella la llamé pensando que quizás también había recibido otra, o para alertarla en caso de que esto sucediera.

—Ok, ella no recibió nada, al menos hasta donde yo sé.

—Me dijo que no, aunque igualmente quedó preocupada por la situación.

—Lo sé, me llama constantemente preguntando por novedades.

—Me imagino —le dije y le pregunté impaciente— ¿Qué opina de la carta, inspector?

Hizo una pausa, encendió su pipa y luego prosiguió.

—Evidentemente alguien sabe de su amistad con el desaparecido y desea mantenerlo lejos del asunto, aunque lo más alarmante probablemente no sea eso.

—¿El símbolo? —lo interrumpí.

Dio varias pitadas impregnando de humo toda la oficina.

—No, la escritura. Es muy probable que esté escrita con sangre.

Cuando el inspector pronunció esa palabra sentí una especie de *shock*, como si me hubieran dado un golpe seco en medio del pecho. En mi inconsciente existía la posibilidad de que la amenaza pudiera estar escrita con sangre, pero no de manera creíble. Tal vez mi mente se negaba a manejar esa probabilidad, además, no tenía idea de cómo se veía la sangre depositada en un papel, por lo tanto, no tenía necesidad de horrorizarme aun más antes de tiempo. El inspector continuó con su dictamen.

—En cuanto al símbolo… es el sello de Lucifer.

—¿Lo conoce? —pregunté sorprendido.

—He investigado algunos casos de ritos satánicos, sectas y ese tipo de cosas… Claro que lo conozco.

—Entonces estamos ante algo serio, gente peligrosa, ¿no?

El inspector mantenía una serenidad que me incomodaba. Claro, él no era el destinatario de la carta.

—Lo único serio es si la frase fue escrita con sangre o no, como dije al principio…. Podría ser solo una broma de mal gusto. Voy a enviar las pruebas al laboratorio para que analicen la escritura y encuentren huellas dactilares, si es que las hay. Mientras tanto, no deje de mantenerme al tanto sobre cualquier novedad, y tenga cuidado, no sabemos quién está detrás de todo esto.

—Ok. ¿Para cuándo estarían los resultados?

—Yo lo llamo ni bien los tenga, quédese tranquilo.

—Voy a intentarlo.

Al espanto sufrido la tarde anterior se le sumaba algo nuevo: la frase podría estar escrita con sangre. ¿Y si era la sangre de Nito? ¿Qué querrían decirme? ¿Qué lo tenían secuestrado? ¿Qué le habían sacado sangre para divertirse conmigo, aterrándome?

¿Por qué a mí? Supuse que yo era el candidato indicado, ya que carecía de sentido enviarle una carta al inspector Moreno, y tampoco tenía sentido hacerlo a Gladys; ella estaba abocada al trabajo del inspector, esperaba que él se encargase del caso, delegándole todo el trabajo y toda la responsabilidad para no involucrarse de manera personal, más allá de su dolor. En cambio yo era una especie de molestia adicional con la que no contaban, y pretendían alejarme enviándome una carta intimidante. Era una probabilidad, una entre tantas. No estaba seguro de qué era en realidad lo que sucedía, pero sí sabía que con una carta amenazante no iban a poder callarme, ni mucho menos detenerme. Estaba dispuesto a hacer lo necesario para encontrar a mi amigo.

Salí de la oficina del inspector Moreno en estado de conmoción. La probabilidad de que la frase estuviera escrita con sangre me había afectado y mucho, a tal punto que había olvidado manifestarle mi idea acerca de quién podría ser el autor de la carta. Esa posibilidad que había barajado luego de investigar acerca del tipo de papel en el que estaba escrito el mensaje, y que conducía hacia una persona que conocía, que tenía fácil acceso a este tipo de material y que, además, tenía problemas con Nito, lo que lo convertía en el principal sospechoso de su desaparición. No había mencionado una sola palabra sobre el asunto, no porque lo hubiera olvidado, sino porque en mi mente había surgido una preocupación mayor, dejando mi hipótesis en segundo plano. De todas maneras podía llamar al inspector en cualquier momento y contarle lo que pensaba al respecto. Mientras tanto ganaba tiempo para investigar al tal Adolfo y a la imprenta en donde trabajaba Nito.

# XXIII

Durante tres días estuve meditando acerca de cómo iba a conseguir información sobre la imprenta y sobre Adolfo. Había entendido que la mejor opción era acercarme personalmente y encarar el asunto de forma natural; después de todo, era un civil que preguntaba por su amigo desaparecido en su lugar de trabajo. Nada detectivesco ni nada policial, solo algo personal y particular.

Terminé de trabajar y me dirigí rápidamente hacia a la imprenta antes de que cerrara. Esta se encontraba a quince minutos de colectivo desde mi trabajo. Durante el viaje me fui preparando; debía tener todos los sentidos bien despiertos, ya que de esa manera iba a poder apreciar movimientos extraños, nerviosismo o cualquier indicio imperceptible para quien no está preparado, en busca de alguna pequeña pista. No esperaba nada relevante, ni mucho menos una confesión, solo buscaba algo que me llamara la atención, algo que pudiera percibir fuera de lo normal, y para eso debía estar preparado y con todos mis sentidos en alerta.

Entré al local, me acerqué al mostrador y mientras esperaba que me atendieran comencé a observar todo el lugar. Se trataba de una gran imprenta y, como era de esperarse, no había nada extraño en ella. Un hombre de unos cincuenta y cinco años se acercó.

—¿Qué necesita?

Lo primero que se me vino en mente fue "que aparezca mi amigo". Pero claro, no podía decirle eso. Comencé entonces preguntándole:

—¿Trabajan con papel perlado?

—Sí, tenemos. ¿Qué trabajo desea realizar?

—Quería saber si lo tienen a la venta o solo realizan trabajos a pedido con ese material.

—Hacemos trabajos de impresión en papel perlado y marmolado de distintos colores. También los tenemos a la venta por 20 hojas de 240 grs.

Eso explicaba su alto gramaje.

—¿Tienen en color marfil?

—Sí, tenemos.

Que estuvieran a la venta complicaban mis sospechas, ya que cualquier individuo podría haberlo comprado libremente, aunque enviar la carta escrita en ese papel tenía un significado y un propósito que no cualquier individuo conocería. Necesitaba saber quién era Adolfo; quizás era la persona que me estaba atendiendo. Para que no pareciera un interrogatorio, procedí a comprarle el bloc de hojas.

Cuando se retiró a buscar las hojas se abrió una puerta ubicada en el fondo del recinto e ingresaron dos personas con carpetas y papeles en sus manos. Uno de ellos era un joven de aproximadamente veinte años de edad, alto y delgado; el otro era de contextura robusta con sus sienes ligeramente plateadas, a pesar de no tener más de treinta y cinco años. Mientras ordenaban los papeles regresó el hombre con mi bloc.

—Aquí tiene, son $ 87.

Saqué el cambio justo para abonarle y le pregunté:

—¿Aquí trabaja una persona llamada Adolfo?

Cuando mencioné ese nombre una de las dos personas que había ingresado recientemente giró su cuello hacia a mí y me miró con desprecio. El hombre de los treinta y cinco años fue quien lo hizo. La persona que me atendía se dio vuelta y lo señaló, obviando que Adolfo ya había escuchado que preguntaban por él. Se acercó al mostrador observándome como si fuera una especie de bicho extraño, quizás en extinción.

—¿Lo conozco?

—No, no nos conocemos. Solo oí hablar de usted y quería hacerle unas preguntas.

—Dígame —dijo en tono seco.

La expresión en su rostro denotaba una persona de muy pocos amigos.

—Aquí trabajaba Nito, es decir, Roberto Beltrán, ¿es así?

—Sí, ¿por qué lo pregunta?

—Lo ando buscando, y qué mejor que su lugar de trabajo para preguntar por él.

—No entiendo por qué me lo pregunta a mí, se lo podía haber preguntado a la persona que lo atendió.

Su prepotencia me hizo notar que me había ganado un enemigo pero eso poco me importaba, después de todo, el ser enemigo de mi amigo ya lo convertía automáticamente en mi propio enemigo. Solo traté de ser lo más amable posible para poder conseguir algún tipo de información o alguna otra pista.

—Disculpe si lo incomodo, es que él me había hablado de usted. En realidad mencionó su nombre, ya que usted es el encargado de la imprenta. Entonces, qué mejor que hablar con la autoridad del lugar, ¿no?

Al explicarle eso se relajó un poco.

—Hace tiempo dejó de venir a trabajar. Supe que había desaparecido y que la Policía lo andaba buscando. De hecho, se acercó un inspector a hacernos una serie de preguntas la semana pasada, eso es todo lo que sé.

Había dejado muy en claro que no diría una sola palabra de más. Por lo tanto, solo me restaba darle la mano y agradecerle por el tiempo robado.

Mientras regresaba a casa una extraña sensación me invadió y me perturbó. ¿Le habré estrechado la mano al responsable de la desaparición de mi amigo…? Más aun: ¿lo habré hecho con quien me había enviado una carta para atormentarme? Solo estaba seguro de algo, había obtenido tan solo una cosa en la visita: una sensación, nada más que eso. Adolfo era una persona irritante y era muy difícil hablar con él, sobre todo de la persona que tanto odiaba. Si él había sido el autor de la carta, al visitarlo, de alguna manera se la estaba respondiendo. Era como decirle en su propia cara: "Sé que fuiste tú, y voy a encontrar la manera de reunir las pruebas necesarias para demostrarlo".

Al llegar a casa guardé los papeles perlados junto a la carpeta de recortes y me recosté en mi habitación para aclarar algunas ideas. Observé mi piano. Se encontraba tapado, solitario, esperando que le quitara su funda y comenzara a acariciarlo. No lo hacía desde la desaparición de Nito. A su lado estaba su guitarra en las mismas condiciones, triste, solitaria y esperando que su dueño regresara por ella. La escena era angustiante. Ahí estábamos nosotros dos representados por nuestros propios instrumentos; éramos piano-guitarra, Gabriel-Nito, juntos, acompañándonos como en los buenos momentos. Un nudo se formó en mi garganta y salí inmediatamente de la habitación. Tenía que despejar mi mente o iba a enloquecer. Enseguida me surgió una idea clara: podía ir a tomar unos tragos y despejarme un poco en el Jam Rock. Había funcionado la vez anterior... ¿Por qué entonces no repetir el lugar? Además, el *pub* había sido realmente de mi agrado.

Me vestí para la ocasión, me abrigué bien y me alejé de la habitación, invadido por la angustia y la tristeza. Tomé un taxi y esta vez no tuve oportunidad de juzgar el comportamiento del taxista ya que, tras indicarle hacia dónde me dirigía, no crucé una sola palabra con él. Solo me apoyé junto a la puerta para observar por la ventanilla. En realidad solo miraba, sin registrar. Por mi cabeza pasaban muchas cosas, entre ellas, aquella promesa de que la siguiente vez que regresara al *pub* lo haría con Nito y subiríamos al escenario a tocar algunas canciones. No había podido ser; quizás más adelante, cuando lo encontrase, pero por el momento regresaba al lugar de manera solitaria. También pensaba acerca del por qué no estaba con otros amigos dentro del taxi, por qué ya no los veía como antes. La respuesta era sencilla: durante todo este tiempo no había llamado a ninguno de ellos. Tampoco les había enviado ningún tipo de mensaje, y ni siquiera había respondido los que ellos me habían enviado; sin duda había entrado en un proceso de aislamiento inconsciente del que solo había podido darme cuenta en ese momento, dentro del taxi, donde mi cabeza se distendía observando un paisaje, aunque no registrado.

Llegué al lugar, saludé a las personas de seguridad e ingresé sintiendo nuevamente la mezcla de perfumes proveniente de un jardín sintético y artificial. Noté que mi rostro comenzaba a cambiar. Ya no correspondía a uno preocupado, angustiado, triste y espantado sino que comenzaba a verse como uno más bien alegre. Me senté junto a la barra y esta vez pedí una ginebra, como en aquel bar de mala muerte. El escenario se encontraba tal como aquella vez, con los instrumentos preparados a la espera de los músicos. Todas las mesas estaban completas e incluso había más gente que la vez anterior. La música sonaba y todo estaba predispuesto como para pasar una noche agradable. Pedí una segunda ginebra y sentí cómo mi mente comenzaba a distenderse; nuevamente había sido una buena idea venir al Jam Rock. Estaba obteniendo buenos resultados, tal como la vez anterior.

Ya había pedido la cuarta ginebra cuando comenzó a sonar la banda estable del *pub*. Algunos bailaban, otros aplaudían, otros conversaban, otros reían. Sin embargo, algo no andaba bien. Algo me incomodaba, podía percibirlo, solo que no sabía qué era ni de qué se trataba. Sentía como si alguien me estuviera observando. Claro que el lugar estaba repleto de gente, pero era otra cosa; como una fuerza extraña, como si una energía negativa se estuviera apoderando de mí. Comencé a observar detenidamente a la gente que se encontraba en las mesas. Todos se relacionaban y se divertían entre sí... Todos menos una persona. Alguien me miraba con detenimiento; alguien con absoluta seriedad, que contrastaba con la gente a su alrededor. Al identificarlo, una mueca surgió en su rostro, una mueca siniestra y burlona. Ahora la situación cerraba por completo: quien estaba observándome era nada más y nada menos que Adolfo. Yo había ido a hacerle unas preguntas con un mensaje escondido, y él me lo estaba devolviendo, como si me dijera: "Ya sé que tú lo sabes, y que lo de venir a comprar papel perlado fue solo una excusa, pero ¿qué vas a hacer al respecto?"

Vi cómo su mueca se transformaba en una falsa sonrisa mientras continuaba observándome detenidamente. Bebí lo que quedaba de mi ginebra, apoyé fuertemente el vaso en la barra y me levanté para encararlo. Mientras me acercaba se iba apagando su sonrisa siniestra y burlona. Junto a él se encontraba un joven sentado en la misma mesa. No sé si era el mismo que había visto en la imprenta, pero poco importaba. Cuando lo tuve frente a mí le dije en tono desafiante:

—¿¡Qué carajo haces aquí!?

Estaba seguro de que me había seguido, o que de alguna manera había averiguado que yo estaba ahí, pero por nada del mudo creía en una casualidad; él no estaba ahí de pura casualidad.

—¿Cómo? —me respondió observándome detenidamente con su mirada asquerosa.

—¿¡Te pregunté qué carajo haces aquí!?

Antes de completar la frase ya lo había tomado enérgicamente de su camisa para comenzar a zamarrearlo. Lo levanté en una fracción de segundo. Al hacerlo se cayó su silla y, seguidamente, los vasos y las botellas que descansaban en la mesa. La persona que estaba con él se quedó inmóvil sin entender lo que sucedía. Comenzamos a forcejear asustando a la gente de alrededor, que rápidamente despejaron la escena. Mientras forcejeábamos le gritaba:

—¿¡Dónde está mi amigo!? ¡¡¡Dime dónde lo tienes, hijo de puta, dime porque te voy a matar!!!

No alcanzamos a darnos unos buenos golpes cuando caímos al suelo para revolcarnos entre las mesas. A los pocos segundos el personal de seguridad entró en acción. Sentí cómo me arrastraban hacia atrás mientras de mis manos se desprendía la camisa de Adolfo, o lo que quedaba de ella. Lo mismo hicieron con él hasta lograr separarnos, mientras continuaba gritándole:

—¡¡Dime dónde está!! ¡Me envías cartitas amenazándome, cobarde, por qué no me lo dices en la cara!

Nunca había pensado que se podía salir tan rápido de una disco o *pub*, sobre todo si se encontraba colmado de gente, pero en cuestión de segundos estaba en la puerta del Jam Rock sacudiéndome los pantalones. Me retiré rápidamente para evitar la vergüenza, ya que todos me miraban como el desubicado del lugar. Tomé un taxi y alcancé a darle mi dirección para luego quedarme dormido profundamente. Evidentemente, el alcohol había hecho de las suyas. Entré a mi casa y fui directo a acostarme. Lo hice sin siquiera sacarme la ropa, después de todo, solo era un detalle menor.

# XXIV

11:45 a. m. marcaba el reloj cuando mi primer ojo se abrió para dar comienzo a un nuevo día. Mi cabeza estaba invadida por diez enanos que clavaban agujas en mi cerebro. Hacía mucho tiempo no me levantaba con una resaca semejante; por suerte, mi memoria estaba intacta y recordaba todo lo sucedido la noche anterior.

Ya no tenía dudas, Adolfo tenía algo que ver con la desaparición de Nito. Así lo corroboraban su comportamiento, su mueca siniestra, su falsa sonrisa, su mirada burlona que no cesaba, el haberme seguido hasta el Jam Rock y, por supuesto, su odiosa envidia hacia mi amigo. Así lo confirmaba todo. Pensé que quizás estuviera un tanto paranoico, pero mi convencimiento acerca de que él era el responsable de la desaparición de Nito desechaba esa posibilidad. También era cierto que había llegado muy lejos al increpar a Adolfo de la manera en que lo había hecho. Eso, sumado a que él sabía que yo me encontraba al tanto de sus hechos, y de que él era el autor de la amenazante carta, significaba un peligro muy importante para mí, y por eso debía cuidarme más que nunca. En principio comenzaría por una aspirina, ya que mi dolor de cabeza era cada vez más intenso; luego una buena ducha ayudaría con la recuperación.

Encendí el teléfono y me encontré con dos llamadas perdidas. La primera correspondía a la maderera, la cual no tenía sentido devolver, y la segunda pertenecía al inspector Moreno. Marqué su número inmediatamente.

—Diga.

—Hola inspector, soy Gabriel, acabo de ver una llamada perdida suya.

—Sí, lo llamé porque tengo los resultados de las pruebas. ¿A qué hora podría pasar por mi oficina?

—Digamos que hoy me tomé el día, puedo ir en cualquier momento.

—Bien, ¿le parece a las 4?

—Ahí estaré.

No había posibilidad de que no meditara acerca de los posibles resultados de las pruebas. ¿Y si era la sangre de Nito? ¿Y si en verdad le había pasado algo? Tal vez solo fuera una especie de tinta símil sangre con la que habían intentado darle una cuota más de terror al mensaje. Después de todo, ¿por qué pensar en lo peor? Era más favorable hacerlo en positivo, entendiendo que todo se resolvería de la mejor manera.

Llegué a la oficina y quien me abrió la puerta esta vez fue Gerónimo. Tras saludarlo me invitó a sentar. Aguardé a que Moreno terminara con una comunicación telefónica, luego de lo cual procedió a saludarme.

—Buenas tardes, Gabriel. ¿Desea tomar algo? —ofreció como de costumbre.

—En verdad no, le agradezco.

—Bien, como le adelanté telefónicamente, tengo el resultado de las pruebas.

El momento había llegado y no había vuelta atrás. Por más duro que fuese el resultado, debía escucharlo. Respiré profundo, me soné los dedos de las manos y encaré fríamente la situación.

—¿Es la sangre de él, verdad?

—Vayamos por partes. Primero las huellas digitales: había ciento de huellas, tanto en el sobre como en la carta. ¿Y adivine de quién?

Inmediatamente comprendí a qué se refería.

—Lo sé, son mías.

—¿No le dije yo que no tocara el sobre o, en todo caso, que lo hiciera lo menos posible; que lo depositara en una bolsa de *nylon* y que me lo trajera inmediatamente?

Me sentí avergonzado. Solo pude excusarme.

—Sucede que para cuando usted me lo dijo yo ya había abierto y manipulado la carta varias veces, pero ni bien hablé con usted hice lo que me indicó.

—Solo que ya era tarde —sentenció—. De todas maneras, en caso de existir otra huella distinta a la suya habría salido en las pruebas; evidentemente quien escribió la carta y quien la llevó a su domicilio, suponiendo que sean dos personas distintas, usaron guantes. De lo contrario, con la tecnología actual se hubiera encontrado una segunda huella, o más.

—¡Eso me deja más tranquilo! —dije dando a entender que no había estropeado las pruebas.

—¡Ya tenemos una pista! ¡Aleluya! —ironizó—: quien escribió y envió la carta utilizó guantes. ¿Sabe cuántas personas usan guantes en este crudo invierno? Imagínese si tuviéramos que arrestarlos a todos como sospechosos. ¿Cuántos serían?

—¡Todo el mundo! —respondí.

—¡Exacto! Estamos como al principio, o sea, no tenemos nada.

Era notable que el inspector estuviera abatido. Las pocas pistas obtenidas no llevaban a ningún lado y, para colmo, las había conseguido yo. Pero aún faltaba lo más importante, la razón por la cual había ido.

—¿Y la sangre?

—En cuanto a eso, quédese tranquilo, no es la de su amigo.

Esas palabras me provocaron un gran alivio.

—¿Es tinta artificial?—pregunté.

—Tampoco —dijo meneando la cabeza—. Se trata de sangre animal, más precisamente, de un ave.

El alivio obtenido recientemente se evaporó de inmediato. El sacrificio de animales estaba asociado con las sectas, entre ellas, las sectas satánicas. Eso significaba una plena concordancia entre la frase escrita con sangre animal y el símbolo con el que culminaba la carta. Ya no quedaban dudas: no era una simple broma de mal gusto, esa carta me la enviaba alguien que practicaba ciertos ritos y ceremonias con sacrificio animal, y pertenecía a una secta satánica. ¿Pero por qué, si Nito nunca se había involucrado en sectas, ni mucho menos en ritos satánicos? De ser así lo hubiera sabido. ¿Por qué esta gente se metía conmigo? ¿Por qué les molestaba que yo quisiera encontrarlo? No tenía respuestas a todas esas preguntas, pero sí sabía quién estaba detrás de todo esto, y tenía al inspector frente a mí para contárselo.

—Eso es preocupante, sobre todo para mí, que soy el receptor de la carta y del mensaje. De todas maneras, creo saber quién está detrás de todo esto.

Moreno apoyó los brazos sobre el escritorio.

—¿Qué dice?

—Lo que escuchó. De hecho, ayer por la noche estuve con él frente a frente y le hice saber que ya lo había descubierto.

—¿A quién se refiere? —preguntó sorprendido.

—A Adolfo, el compañero de trabajo de Nito. Él lo odia, le tiene envidia, así me lo dijo Nito en una oportunidad; eso, y que era una persona despreciable, y ayer pude comprobarlo.

—Pero eso no es un indicio claro como para acusarlo de un secuestro.

—Es que además trabaja en la imprenta, y eso concuerda con el tipo de papel especial, con la pluma y con la letra que utilizaron.

—Aún no es suficiente —dijo meneando la cabeza.

—Lo sé, pero además me siguió hasta un *pub* y no dejaba de observarme; mientras lo hacía se burlaba a través de su falsa sonrisita.

—¡Un momento! Vayamos de a poco. ¿Usted fue a un *pub* que se llama…?

—Jam Rock.

—Bien, y dice que él lo siguió. ¿Ha podido verlo mientras lo hacía?

—No, pero él tiene la dirección de mi casa, pudo haber estado en un auto esperando a que saliera para luego seguirme.

—¿Cómo es que sabe la dirección de su casa?

—Si depositó un sobre debajo de mi puerta es porque la sabe, ¿no? —dije fastidiado.

—Bueno, eso en caso de que haya sido él, pero sigue faltando argumento.

—Inspector, yo le pido que lo investigue. Consiga una orden de allanamiento y seguramente va a encontrar algo que lo convenza.

—Necesito pruebas más concretas para conseguir esa orden. Le prometo que voy a investigarlo, pero antes necesito hacerle unas preguntas.

—Adelante.

—¿A qué hora sucedió esto?

—Salí de mi casa aproximadamente a las 11 p. m.

—Bien, y no notó nada extraño al salir, nadie lo seguía…

—No lo sé, tal vez sí, solo que no presté atención.

—¿En qué se dirigió?

—En taxi.

—¿Y en qué momento lo vio llegar? Es decir, luego de que usted entrara al recinto, ¿cuánto tiempo tardó en aparecerse?

—En verdad no lo sé, yo estaba disfrutando de la noche, buena música, tragos, no lo vi llegar; además había mucha gente, el lugar estaba repleto. Comencé a sentir algo extraño, como si no dejaran de observarme, hice un paneo general detenidamente y ahí lo vi. Estaba sentado en una de las mesas junto a un acompañante masculino y, efectivamente, me estaba observando.

—Bien, ¿qué sucedió después?

—Lo fui a buscar y casi terminamos a las trompadas.

—¿Le manifestó su pensamiento?

—Sí, a los gritos y mientras lo zamarreaba de su camisa.

—Eso debe haber sido bochornoso.

—Supongo que sí… En ese momento, poco me importó.

—¿Y a la persona que estaba con él la conoce?

—No alcancé a reconocerla, supongo que no.

—Bien, ¿y cuánto alcohol ingirió usted?

—Quédese tranquilo, volví en taxi —le dije en tono de broma, pero dándole a entender que se estaba metiendo en cuestiones íntimas que no estaba dispuesto a responder. Al parecer había entendido el mensaje perfectamente.

—Con eso terminamos. Como le digo siempre, cualquier novedad me la comunica de inmediato; yo, por lo pronto, voy a investigar al tal Adolfo.

—Gracias —respondí mientras estrechaba su mano.

# XXV

Durante los siguientes días mantuve una vida normal, si es que se puede llamar así al hecho de salir del trabajo y mirar hacia todos lados mientras caminaba, cerciorándome de que nadie me observara ni me siguiera, encerrarme en mi casa y colocar dos pasadores nuevos, uno en la puerta trasera de la casa que comunicaba con el fondo, y otro en la puerta principal, que utilizaba ni bien ponía un pie dentro de la casa. En cuanto al resto del tiempo, solo encendía la PC, tomaba la carpeta de recortes y me ponía a trabajar.

El invierno se acababa pero no renunciaba en su rigurosidad hasta el último día de su estación. Las calles continuaban desérticas, la gente se metía rápidamente en sus casas, encendían sus estufas y no volvía a salir hasta el día siguiente; después de todo, hacían lo mismo que yo, solo que en mi caso se trataba de una cuestión mucho más delicada.

Fue el primer miércoles de la última semana de invierno, por lo menos en lo que respectaba al calendario, cuando regresaba del trabajo un poco más tarde que de costumbre. Esa tarde me había demorado comprando cuerdas para la guitarra de Nito. Supuse que sería un buen presente para cuando regresara y volviéramos a tocar. Los árboles parecían tener más hojas, lo que generaba un sonido tétrico al moverse de un lado hacia el otro impulsados por los fuertes vientos. No sé si con el correr de los días me había ido relajando, o tal vez era debido al momento de distensión tras pasar por la casa de música… Lo cierto es que no los vi venir. Había colocado las llaves en la cerradura para luego girarlas cuando, en ese momento, alguien me tomó del hombro y luego las luces se apagaron. Solo recuerdo estar en el suelo dentro de mi casa y ver a tres hombres encapuchados que me golpeaban sin asco y sin piedad. No recuerdo mucho más que eso. Los médicos luego me informaron que me habían pateado en el suelo y me habían golpeado en el rostro sin piedad.

Cuatro días fueron los que estuve inconsciente. Cuando me desperté estaba sumergido en una cama del hospital Alejandro Posadas con vendas en mi rostro, suero en el brazo izquierdo y un dolor general insoportable. En su visita, el médico de turno me dijo que por fortuna no me habían fracturado ninguna costilla, aunque sí tenía serios golpes y, por lo tanto, serios hematomas. En cuanto al rostro, hubiera podido perder un ojo; tenía aún la cabeza hinchada y me habían fracturado la nariz. Mientras me retiraba el suero me informó que me lo habían puesto debido a la pérdida de sangre y, además, para suministrarme algunos medicamentos y calmantes. Del bolsillo izquierdo de su chaqueta colgaba una tarjeta de identificación con el nombre de Ricardo Rodríguez.

—¡No puedo moverme! —le dije lentamente.

Se me oía bastante claro, ya que no tenía dientes rotos. Mi boca, a no ser por los labios destrozados, estaba bastante sana.

—Es por los dolores. Por suerte no tiene huesos rotos. Lo que le impide moverse son los dolores que sufre debido a los fuertes golpes. Es por eso que va a continuar con los calmantes por vía oral. En cuanto a su cabeza, el cráneo aún se encuentra hinchado. Le hemos hecho una tomografía y no presenta hematomas de gravedad, ni tampoco ningún coagulo. ¡Ha tenido suerte! Podrían haberlo matado.

Cuando se retiró intenté levantarme lentamente venciendo el dolor, pero este aparecía luego de cada movimiento. Me encontraba semidesnudo, con un calzoncillo como única prenda. Me dirigí hacia el baño agarrándome de la cama primero, y luego de las paredes. Tenía una sola cosa en mente: mirarme en el espejo. Encendí la luz y al observarme solo vi destrucción. Me había convertido en una especie de hombre morado. Todo mi torso se encontraba pintado de un color violeta con una tinta proveniente de mi interior; también mis ojos, los cuales no abrían del todo. Mi rostro estaba hinchado con algunos cortes y mi nariz, entablillada. ¿A esto le llamaban "tener suerte"? Una profunda tristeza me invadió de repente y lloré.

Necesitaba hablar con el médico para saber cómo había llegado al hospital y obtener algunos detalles más sobre lo sucedido, ya que mis recuerdos eran escasos. Tuve que esperar hasta su próxima visita para hacerlo. Cuando reapareció comencé a indagarlo.

—¿Cómo llegué hasta aquí, doctor? —Mi voz era un tanto gangosa debido al vendaje sobre mi nariz, pero me hacía entender.

—Lo trajo la policía.

—¿La policía? —dije extrañado.

—Es todo lo que sé. Hay un inspector que está a cargo, él va a poder despejarle sus dudas; vino a verlo y me dejó su tarjeta. Dijo que cuando despertara lo llamara, es el inspector… —El médico comenzó a revisar los bolsillos de su delantal—. Aquí está: inspector Moreno.

—¡Dígale entonces que venga, que ya desperté!

—Sí, de hecho, vamos a darle el alta mañana por la tarde. Podrá seguir con la recuperación desde su casa.

—Ok, entonces que venga mañana.

—No hay problema, se lo comunico. Ahora usted debe descansar, y quédese tranquilo, en un rato viene la enfermera con su medicación.

—Por favor, ¡algo para el dolor!

—Sí, va a recibir calmantes. Trate de descansar.

Por más que lo intentara era muy difícil hacerlo, los calmantes no parecían hacer efecto frente a semejante dolor que me mantenía inmóvil. Pero no era lo único que interrumpía mi descanso: mi mente estaba intacta y más inquieta que nunca.

Al día siguiente luego del almuerzo llegó el inspector Moreno. Traía consigo su portafolio de color negro, en impecables condiciones, que depositó al pie de la cama. Tomó una silla ubicada cerca de la puerta de la habitación y la acercó a la cama para luego sentarse.

—¿Cómo está?

—¡¿Cómo quiere que esté!?

—Lo entiendo. El médico que lo atiende me informó que había despertado, así que vine a verlo.

Era el momento de quitarme todas las dudas.

—¿Cómo llegué hasta acá?

—Bueno… después del incidente, alguien llamó a la policía.

—¿Quién fue?

—No lo sabemos, fue una llamada anónima. Tal vez lo hayan hecho los mismos agresores, ya que claramente no ha sido su intención matarlo, sino darle un escarmiento.

—Uno muy grande —dije resignado.

—¡Ya lo creo!

—¿Y mi casa quedó abierta?

—Quédese tranquilo, la policía acudió al lugar, lo trajeron a usted al hospital y luego comenzaron con la búsqueda de huellas y de cualquier pista que pudiera dar con los agresores. Cuando me informaron de lo sucedido fui inmediatamente hacia su domicilio. —El inspector tomó su portafolio, abrió el bolsillo delantero y sacó un juego de llaves; eran las de mi casa.

—Aquí tiene —dijo mientras me las alcanzaba.

—¿Y pudieron encontrar alguna huella o pista?

—No, no dejaron nada. Solo sabemos que era más de uno por lo que revelan sus heridas.

—Yo vi a tres —dije inmediatamente.

—Bien, solo tenemos eso y lo que dejaron…

—¿Qué dejaron? —pregunté intrigado.

—Tal vez no sea el momento, usted tiene que estar tran…

—¡Déjese de pavadas, inspector! —lo interrumpí.

Si bien mi voz no era del todo clara, se notaba en el tono que hablaba seriamente.

—Está bien.

Volvió a tomar su portafolio y esta vez abrió el cierre trasero, de donde sacó una bolsa de *nylon* con un sobre dentro.

—¿Otra vez? —dije mientras me lo alcanzaba.

—Sí, puede tocarlo tranquilo, lo mandé a analizar y ya obtuve los resultados.

—¿Cuáles son? —pregunté, aún sin abrirlo.

—Los mismos que los de la carta anterior.

Abrí la bolsa y luego el sobre para así desplegar la carta.

*Te lo advertimos.*

Al igual que la vez anterior, se trataba de una carta del mismo tipo de papel, escrita tétricamente con pluma, en letra gótica, y su tinta era sangre. Al pie de esta se encontraba el mismo símbolo satánico. La cerré, lo miré al inspector con mi monstruoso rostro y le dije:

—¿Ahora si va a ir en busca de ese malnacido de Adolfo?

—Gabriel, ya le había adelantado que no hay pruebas suficientes para acusarlo. De todas maneras, y para tranquilidad suya, conseguí una orden de allanamiento tanto de la imprenta como de la casa de Adolfo. La segunda me costó mucho conseguirla, tuve que convencer al juez de que podíamos encontrar algo importante para la causa. Vamos a ir a su domicilio sin que él lo sepa, vamos a entrar y luego revisaremos todo. Lo tomaremos de sorpresa. Dos testigos serán suficientes para que, en caso de que encontremos algo sospechoso, ya sea en cuanto a la desaparición de su amigo, o bien a las amenazas y a la agresión que usted acaba de recibir, podamos acusarlo.

—¡Eso me deja más tranquilo!

—Bien, ahora, si me permite, necesito hacerle algunas preguntas acerca del incidente.

—Mejor en otro momento, ¿no se enoja? Por hoy ya tuve demasiado.

—Bien, no hay problema. ¿Puedo ayudarlo en algo?

—Sí, me acaban de dar el alta. ¿Podría llevarme a mi casa?

—Por supuesto.

Me levanté de la cama lentamente y con mucho sufrir, ayudado por el inspector Moreno. Saludé al doctor Rodríguez, a las enfermeras y poco a poco me fui retirando del hospital con el apoyo del inspector.

Llevábamos varias cuadras transitando en su vehículo sin decir ni una solo palabra, hasta que rompí el silencio.

—Voy a comprar un arma.

Giró rápidamente su cuello, me observó e inmediatamente volvió a fijar la vista en el camino.

—No habla en serio, ¿verdad?

—¡Por supuesto que sí! Podrían volver a buscarme los agresores, y esta vez sería lo último que hagan. Además, si logro quitar sus capuchas quizás se resuelva el caso, ¿no le parece?

—Para nada. Las armas son muy peligrosas y usted no sabe nada acerca de ellas. A propósito… ¿Por qué no deja de entrometerse e involucrarse aún más? ¿Por qué no deja de jugar al detective? No es que me moleste algo de competencia, pero ¿no le parece que ya ha ido demasiado lejos? ¿No siente que se ha metido ya en varios problemas?

Reflexioné un instante y luego le respondí:

—Quizás tenga usted razón… Lo que dice es cierto, pero le recuerdo que yo no estoy haciendo nada malo. Solo intento colaborar en la búsqueda de Nito. Además, olvida usted algo: mi amigo aún no aparece.

—Mire Gabriel, en cuanto a eso, lo cierto es que mi experiencia me dice que, debido al tiempo transcurrido, las probabil...

—¡¡Vivo o muerto tiene que aparecer!! —lo interrumpí.

—En eso tiene usted razón.

—Y le pido otro favor, no le cuente de esto a Gladys, no quiero que se preocupe.

—Entendido.

Me bajé del auto como pude, caminé hasta la puerta de entrada y el recuerdo de aquella tarde-noche se hizo presente. Las imágenes vinieron a mi mente como *flashes* y otra vez el terror se apoderó de mí.

—¿Se encuentra bien?

Inmediatamente volví a la realidad, que era casi tan dura como el recuerdo.

—Sí —le respondí y abrí la puerta.

Lo invité a sentarse y objetó que debía irse de inmediato. Antes de hacerlo, me dijo:

—Gabriel, tiene que hacer la denuncia correspondiente en la comisaria en cuanto pueda.

—¿Qué denuncia? —pregunté extrañado.

—La denuncia sobre lo que le sucedió, la del incidente.

Me armé de paciencia y, en buen tono, tratando de ser amable, le contesté suavemente.

—Inspector, usted y yo sabemos muy bien de qué se trata todo esto. Lo que ocurrió acá no fue un simple robo, de hecho, no falta ni un solo alfiler de mi casa.

Haciendo un paneo general podía corroborar lo que decía.

—Lo sé, es para que quede asentado, nada más. Para cumplir con el procedimiento.

—Mejor dejémoslo así.

Con absoluta sinceridad, le confirmaba que no tenía intención de hacer ninguna denuncia, ya que en este caso no tenía sentido.

—Bien, veré cómo lo resuelvo. Quédese tranquilo, cualquier novedad me la comunica.

—Ok, gracias por traerme.

—¡Por favor! Faltaba más, y Gabriel... Hágame caso, escuche mi consejo y no se meta en más problemas.

—Trataré de hacerlo.

Antes de despedirlo lo tomé de un brazo.

—¡¡Suerte en los allanamientos!!

Me miró e hizo un ligero movimiento vertical con la cabeza. Se retiró y luego me acerqué al baño con la única intención de volver a mirarme en el espejo. Al hacerlo noté que lo que se reflejaba, por supuesto, era la misma imagen que la del hospital. Tomé los medicamentos que me había dado el doctor, apagué la luz y decidí no volver a mirarme por unos cuantos días. Esa noche cené un plato de sopa caliente, tomé los calmantes y me fui a dormir, o por lo menos a intentar hacerlo.

Los medicamentos que tomaba, tanto los antiinflamatorios como los calmantes, provocaban somnolencia, por lo que finamente logré dormir toda la noche y toda la mañana. A eso del mediodía me levanté a tomar lo que quedaba de sopa, los remedios, y volví a la cama a descansar. Eran aproximadamente las 6 p. m. cuando comenzaron a golpear fuertemente la puerta de entrada. Me arrimé a ella y, al no tener mirilla, no me quedó otra alternativa que la de preguntar:

—¿Quién es?

—¡Sergio!

—¿Qué Sergio? —grité.

—Tu compañero de trabajo.

Recién cuando mencionó eso último pude reconocerle la voz y procedí a abrirle la puerta, aún con cierto temor. Efectivamente, era él.

—Toqué varias veces el timbre y como no salías comencé a golpear la puerta. ¿Cómo estás? —me preguntó con la amabilidad que lo caracterizaba.

—¡Ya me ve!

—¡Por Dios! ¿Cómo te hicieron eso? Discúlpame que te pregunte, pero... ¿En qué estás metido?

—En nada, Sergio, créame —respondí.

—Es lo que se preguntan todos en el trabajo. A propósito, todos te mandan saludos.

—Gracias. Ayer me dieron el alta, pero imagínese que en estas condiciones no puedo volver a trabajar, por lo menos por unos días.

—¡Por supuesto! No hasta que se te deshinche la cara, no sea cosa que, al verte, los muchachos salgan todos corriendo —dijo tratando de desdramatizar la situación con una broma, de la cual apenas sonreí. Hablamos durante un rato y no tardó en decir:

—Gabriel, ¿necesitas algo? ¿En qué puedo ayudarte?

Sabía que no tardaría en decir eso, así era él.

—La verdad es que necesito algunas provisiones, ayer a la noche cociné una sopa y era lo único que me quedaba. Si puede ir al supermercado y comprarme algunos víveres, le estaría muy agradecido; en estas condiciones, no puedo salir a ningún lado y esta noche ya no tengo nada para cenar.

—Claro que sí, solo dime qué vas a necesitar y en seguida vuelvo.

Anoté varios artículos necesarios y adjunté a la nota el dinero correspondiente, el cual no quiso aceptar. Se retiró y en menos de una hora estaba de vuelta con bolsas llenas de comestibles para varios días. Nuevamente intenté darle el dinero, que rechazó una vez más, no queriendo ni decirme cuánto había gastado. Le volví a agradecer y se retiró argumentando que lo esperaba su mujer.

Ya contaba con las provisiones necesarias para continuar el proceso de recuperación encerrado en mi casa por lo menos por una semana, una larga y dura semana.

# XXVI

El día lunes volví a la maderera. Todavía quedaban rastros de la golpiza en mi rostro, pero al menos me habían quitado las vendas y ya no asustaba tanto como me habría dicho don Sergio. Mis compañeros se acercaron y me abrazaron en una muestra de afecto que combinaba solidaridad con lástima. Trabajé normalmente y, al salir, solo pensaba en una cosa... regresar a mi casa, a mi refugio, en donde no era observado con espanto ni pena y en donde, luego de cerrar las puertas con todas sus trabas, me sentía seguro. Así lo hice. La golpiza me había dejado aterrado y más temeroso que nunca; ya no miraba por dónde caminaba, sino que estaba más pendiente de quién se acercaba, o quién caminaba cerca de mí, y al llegar a mi casa no sacaba las llaves de mi bolso hasta no estar seguro de que nadie me había seguido ni me esperaba en la puerta, o en algún auto estacionado, o escondido detrás de los árboles. Mi situación era espantosa y el clima no colaboraba, manteniendo a las calles desiertas, oscuras y tempestuosas.

El día miércoles llegué a casa luego de mi rutina laboral y, tras asegurarme de que nadie me esperaba ni me había seguido, inserté la llave en la cerradura para abrir la puerta de entrada. Al girarla percibí el mismo sonido de aquel día en que había encontrado el primer sobre. La puerta lo arrastró provocándolo, pero en esta ocasión, en vez de salir y observar hacia todos lados en busca del remitente, cerré la puerta rápidamente con todas sus trabas y todos sus pasadores, sin buscar a nadie por miedo a encontrarlo. Encendí la luz, que luego de hacer un fogonazo me dejó totalmente a oscuras. Me quedé apoyado contra la puerta durante un instante. Ya no podía volver a salir, de modo que estaba a oscuras y encerrado. El sobre descansaba bajo mis pies. Podía ir a encender la luz de la cocina, la del baño, la de la habitación, pero estaba paralizado. Me encontraba solo, a oscuras y encerrado dentro de mi casa y con otro sobre bajo mis pies, mientras el viento crecía y gemía alrededor de la casa de un modo aterrador.

Permanecí inmóvil, esperando que de mi habitación saliera lentamente el mismísimo Satanás, con su cuerpo rojo sangre, rodeado de fuego, iluminando tétricamente el lugar con su rostro diabólico y con sus encorvados cuernos para decirme que todo había terminado para mí, que había ido muy lejos y que, como consecuencia, ahora era de su propiedad. Mis niveles paranoicos estaban en su punto máximo; si se hubieran podido medir con un termómetro, este habría explotado. Miré hacia el mueble en busca del arcángel y, para mi desgracia, noté que ya no estaba. En ese momento supe que Satanás había tomado la estatuilla para salir con ella en la mano de mi habitación, demostrándome que nadie, ni siquiera el arcángel Miguel, podía ayudarme. Pude visualizar al innombrable saliendo lentamente de mi habitación con la estatuilla en la mano y una mueca clavada en su espantoso rostro, la misma que tenía Adolfo y que solo yo había podido ver.

"¡Por favor no me hagas daño! ¡Por favor, no!", imploré. Cerré los ojos concentrándome en que no podía ser cierto, en que solo era producto de mi imaginación. Al abrirlos ya no estaba, al menos no saliendo de mi habitación. "¡Por favor muévete! ¡Muévete o morirás!", me dije a mí mismo. Caminé lentamente dando pasos laterales y tanteando las paredes hasta llegar a la cocina; encendí la luz y, por suerte, esta no volvió a apagarse. Repetí la misma acción con la luz del baño y solo me restaba hacerlo con la de mi habitación. Ya había luz en la casa. Tomé coraje y me dirigí rápidamente hacia el dormitorio. Sin mirar dentro oprimí la llave interruptora y la luz se encendió. Solo yo habitaba la casa, y pude ver que el arcángel se encontraba donde tenía que estar. Solo se había quemado la lámpara del comedor, haciendo imposible poder verlo.

La oscuridad y el encierro, sumado a mi imaginación y a las circunstancias vividas en los últimos tiempos, junto a la cuota de paranoia obtenida, habían recreado toda esa situación horrorosa. Aunque esta no había terminado: todavía me faltaba ir por el sobre, el tercero que recibía. Antes de hacerlo fui a la cocina a buscar una lámpara de repuesto. Necesitaba tener toda la casa completamente iluminada. Como no era mi día de suerte, no me quedaba una sola lámpara de repuesto. Decidí ir por el sobre de todas maneras. Al levantarlo observé que, a diferencia de los anteriores, este sí contenía sellos postales. Lo abrí y al leer su contenido quedé sorprendido, golpeado, quizás más que si hubiera recibido otra enigmática carta satánica. Se trataba de un telegrama enviado y firmado por el dueño de la maderera, un telegrama de despido.

*Por motivo de reiteradas ausencias sin aviso, lo consideramos despedido por incumplimiento a sus tareas laborales (Art. 63 y 88, ley contrato laboral). Liquidación a su disposición.*

La leyenda era corta, clara y concisa: me habían echado del trabajo. Evidentemente era joven y mi corazón muy saludable. Minutos antes había experimentado un momento terrible para luego abrir un sobre y que este dijera: "Estás despedido". Para cualquier persona de avanzada edad, o con alguna disfunción cardiaca, hubiera sido demasiado, en cambio yo solo tenía algo de taquicardia, pero mi corazón continuaba latiendo.

# XXVII

Me presenté al día siguiente en la maderera con telegrama en mano y me dirigí directamente a la oficina de señor Mario Pietro, dueño de la empresa. Su secretaria me anunció y luego me pidió que aguardara unos minutos para ser atendido. Mientras esperaba manipulaba el telegrama.

¿No debía alguien firmar para poder recibir uno de estos, o ya no era necesario? O quizás el señor Pietro, sabiendo de que yo vivía solo y que nadie atendería al cartero, se había encargado del asunto. Lo cierto es que poco importaba; ya había recibido el telegrama y estaba frente a su oficina esperando ser atendido. La puerta se abrió y el mismo señor Pietro me invitó a pasar. Le manifesté mi sorpresa al haber recibido su telegrama y comenzó a intentar explicarme las causas.

—¡Entiendo! —le dije.

En realidad, lo que entendía era que todo implicaba negocio para un empresario, y que las personas que trabajaban en su empresa eran solo herramientas necesarias para que su negocio funcionase. Cuando una de estas dejaba de servir, simplemente se desechaba y se reemplazaba por otra, más allá de las causas por la cual esa herramienta había dejado de funcionar de manera eficaz, y sin importar cuánto le había servido con anterioridad. Abrió uno de sus cajones y sacó un sobre con mi nombre. Se trataba nada más ni nada menos que de la liquidación y su respectivo cheque. Me dio la mano y solo dijo:

—Lo siento.

Asentí con la cabeza y me retiré con otro sobre en la mano, distinto de aquel con que había entrado. Antes de abrir la puerta que conducía a la calle, fue don Sergio quien me interceptó.

—Gabriel, me enteré de tu despido; ¡no lo puedo creer!

—Está bien, don Sergio. Esto podía llegar a suceder.

—Cualquier cosa que necesites, puedes contar conmigo.

Noté en sus ojos una emoción que contagiaba. No podía esperar menos de aquel gran hombre. Anticipándome al derrame de alguna lágrima proveniente de alguno de los dos, solo tomé fuerte sus manos.

—¡¡¡Muchas gracias!!! —Y giré el picaporte de la puerta principal.

Otra vez una mano volvió a apretarme fuertemente el cuello. Esta respondía al nombre de "angustia", y lo hizo durante todo el trayecto de regreso a casa. Al llegar fui directamente hacia la botella de *whisky*, la misma que habíamos compartido con Nito. Esta vez me encontraba solo para beber y, de esta manera, aplacar mi dolor. Bebí dos medidas, y en el momento de servirme la tercera, decidí colocar otro vaso y servir para dos, tal cual lo había hecho en aquella oportunidad.

No recuerdo cuántas medidas bebí, solo sé que desperté al día siguiente en mi cama, con la ropa puesta y con una resaca tal que me dolían hasta los dientes. Mi vida se derrumbaba rápidamente, tan rápido que ni siquiera podía darme cuenta de eso. Mis esfuerzos por encontrar a mi amigo no lograban ningún resultado, al menos ninguno positivo, pero me encontraba en la mitad del camino; todavía no estaba dicha la última palabra ni se había definido el caso. Sentía que solo había llegado a la mitad del camino, que era uno muy peligroso y que, por recorrerlo, lo estaba pagando muy caro. Que estaba sufriendo las consecuencias por no hacer caso a las palabras del inspector Moreno, y ni siquiera a las de Gladys. Pero lo cierto era que pagar las consecuencias por haber transitado un camino tan peligroso y abandonarlo en la mitad sin haber conseguido el objetivo era como si mi esfuerzo, mi sacrificio, hubiera sido en vano. No tenía mucho sentido hacerlo, por lo tanto, debía continuar; debía buscar la manera de encontrar a Nito.

Esa misma tarde sonó mi teléfono celular. Era una llamada proveniente del inspector.

—Hola inspector.

—Gabriel, ¿cómo anda?

—Aquí andamos, dígame. —No tenía intenciones de contarle de que ya no tenía trabajo, solo estaba ansioso por recibir las novedades.

—Bien, ayer se produjeron los dos allanamientos. Yo mismo participé de ambos, tanto en el de la imprenta como en el de la casa de Adolfo.

Mi corazón comenzó a palpitar; quizás la pesadilla había terminado, el caso se resolvía, Nito aparecía con vida y yo continuaba mi vida con normalidad, o casi…

—¿Qué pasó, lo encontraron?

—Lo tomamos de sorpresa, tal como estaba previsto; entramos rápidamente sin darle tiempo a que pudiera esconder nada o a que tapara alguna evidencia. Se encontraba cocinando con absoluta normalidad. Revisamos su casa de punta a punta, sus papeles, sus anotaciones, aunque no encontramos absolutamente nada.

—¡No puede ser! Ese malnacido está involucrado en la desaparición de mi amigo. No digo que Nito se encuentre en su domicilio, sería muy tonto de su parte, pero Adolfo tiene algo que ver, estoy seguro…

—Le repito, no solo no encontramos a su amigo en el domicilio sino que, además, revisamos toda su casa y no había nada. Lo mismo sucedió en la imprenta.

—Es muy astuto y están bien organizados —dije con resignación.

—Se mostro sorprendido de que allanáramos su casa, dijo que podríamos haber ido sin hacer tanto alboroto y nos hubiera abierto la puerta sin inconvenientes y que, además, él no tenía ningún vinculo con el desaparecido; por supuesto, no le dije que solo se trataba de una idea suya.

—¿Quiere decir que porque no encontraron ninguna prueba en su casa ya pasa a ser inocente?

—¡Por supuesto que no! Solo que no tenemos de dónde agarrarnos para poder acusarlo, y le recuerdo que mientras no haya una prueba que demuestre lo contrario, todo el mundo es inocente.

—¡Esto es el colmo! Está bien inspector, ya encontraremos alguna prueba, no se preocupe.

—Gabriel, por favor, no se involucre más. ¿No le basta con lo sucedido?

El inspector se refería a las amenazas y a la golpiza recibida, pero no estaba al tanto de que también me habían despedido del trabajo y de que mi vida ya no era la misma. Pero ya había ido muy lejos, tanto que ya no podía regresar, ya no había vuelta atrás. Luego de repetirme que la investigación se encontraba activa y que continuaba la búsqueda por parte de la Policía, y que cualquier novedad que tuviese se la comunicara de inmediato, cortamos la comunicación.

La primavera se había hecho presente imponiendo sus agradables temperaturas y la gente comenzaba a frecuentar las calles. Por lo pronto, yo continué trabando todas las puertas de mi casa, aunque afuera los árboles florecían y ya no me atemorizaban tanto. Debía buscar trabajo, pero no era necesario que lo hiciera inmediatamente: contaba con el dinero de la indemnización por despido recién obtenida, además del seguro de desempleo. Esto me daba más tiempo para seguir colaborando en la búsqueda de Nito y descubrir quién estaba detrás de todo esto.

Volví a repasar la carpeta de recortes una y otra vez, todos los días; ahora tenía tiempo de sobra, por lo que lo hacía minuciosamente mientras tomaba unos tragos. Noté que la cantidad de bebidas alcohólicas dentro del carro del supermercado era cada vez mayor, y también era mayor la cantidad de botellas vacías dentro de mi casa. Comencé a repasar las amenazantes frases de las cartas: "Deja de meterte en lo que no te correspon-de o lo pagarás muy caro" y "te lo advertimos".

No tenía mucho para estudiar, las frases eran muy claras y su significado estaba resuelto. Sin embargo había algo, un patrón en común, más allá del tipo de papel especial... El símbolo. Las frases eran distintas pero lo que las unía era el símbolo que representaba el origen de las cartas. Hasta el momento yo solo había averiguado acerca de su significado, pero debía investigar acerca de los lugares en donde se practicaban ritos satánicos que estuvieran representados por este símbolo. Se me ocurrió que si lograba dar con uno de esos lugares resolvería no solo quienes eran los autores de las cartas, sino también lo sucedido con Ni-to. Para eso debía investigar más a fondo. Encendí la PC y en pocos minutos obtuve información. A diferencia de la vez ante-rior, en que solo necesitaba saber el significado de un símbolo, esta vez iba por más: por su procedencia, por quiénes lo utiliza-ban y para qué. Todas cuestiones difíciles de encontrar, ya que era información muy variada y, además, de carácter oculto.

Luego de buscar durante algunas horas, encontré algo intere-sante: entre los diversos símbolos existentes, el que yo había re-cibido pertenecía a una secta internacional llamada Los amigos de Lucifer. Mi pulso comenzó a retirarse dando lugar a un tem-blor en mis manos cuando leí en el artículo que se trataba de una de las sectas satánicas más peligrosas del mundo, involucra-das constantemente en secuestros, abusos sexuales y asesinatos. Me levanté rápidamente en busca del arcángel para dejarlo en-cima de mí, apoyado sobre mis piernas; solo así pude continuar leyendo el artículo, el cual también decía que se hacían llamar Los adoradores de Seth. Intervenían en EE. UU., pero también se habían ramificado por toda Europa y Sudamérica. Exigían ciertas muestras de fidelidad a sus integrantes a través de secues-tros de personas, de beber sangre, de abusos sexuales, de necro-filia y de necrofagia, y que solo al corresponder con dichos actos podían seguir siendo miembros de la secta.

Pude enterarme de que generalmente contaban con un líder que funcionaba como una especie de sacerdote o gurú, y era él quien constantemente exigía nuevas pruebas. Sobre el final del artículo, es decir, al pie del mismo, se imponía su símbolo, uno idéntico a los que yo había recibido. Apreté fuertemente al arcángel, cerré los ojos y comencé a rezar. Lo hice sin darme vuelta, ya que estaba seguro de que Satanás se encontraba detrás de mí. Podía sentirlo, lo que ocasionó que un escalofrío recorriera todo mi ser provocando una sensación de terror única. Pensaba que se asomaría en la puerta de mi habitación como la vez anterior, pero esta vuelta para arrebatarme la estatuilla de la mano y arrojarla de manera despreciativa, como si fuera un objeto inútil, para luego llevar mi alma definitivamente, arrastrándome de los pelos, hacia el mismo infierno, donde todo es fuego, donde todo es dolor; para luego hacer conmigo lo que quisiera, quedando mi cuerpo intacto en el piso del comedor, y así los médicos al encontrar mi cadáver pudieran decir: "Fue muerte súbita, le falló el corazón".

Me aferré a mis creencias, a mi Dios, a Jesús, a la virgen María. Recordé cuando tomé la comunión y luego la confirmación, en la que juré ser un soldado de Cristo; recordé también tantas misas asistidas los domingos por las mañanas y comencé a rezar incontables padrenuestros y avemarías. No lo había hecho desde el fallecimiento de mis padres; sin dudas esta era una buena oportunidad para reconciliarme con la fe.

Al abrir los ojos giré hacia atrás y noté que nadie había venido a buscarme. Mi mano izquierda continuaba apretando fuertemente al arcángel. Supe que en esos momentos, cuando uno necesita ayuda, cuando se encuentra desamparado, solo se está con Dios, y yo estaba con el mío, el de siempre, el que no se había olvidado de mí, el que siempre espera.

—¡¡Gracias Dios, gracias!!

Decidí que había sido demasiado por esa noche. Apagué la PC para continuar al día siguiente, y en ámbito diurno. Llevé el arcángel a mi habitación; no dormiría sin él. Me pregunté si estaba enloqueciendo. No creía que fuera para tanto, aunque un loco nunca se termina de dar cuenta cuando ya enloqueció.

# XXVIII

Me desperté cerca del mediodía, almorcé y luego fui directamente a encender la PC para continuar con la búsqueda de información sobre sectas satánicas y lugares donde se practicaban sus ritos, sobre todo la que correspondía al símbolo en cuestión. La información se repetía una y otra vez en páginas web, foros y chats: era muy difícil dar en el blanco de una secta y obtener la dirección en donde se practicaban sus rituales, sobre todo por ser algo de carácter confidencial. La escasa información circulaba una y otra vez por los diferentes sitios en forma repetitiva.

Me registré en uno de los foros para interactuar con los que allí escribían, ya que con solo registrarme y crear un nombre de usuario podía participar en el mismo. Comencé preguntando si alguien sabía de algún lugar en donde se practicaran ceremonias y ritos que correspondieran al símbolo o que fueran representados por este. Lo hice en todos los foros que trataban sobre el tema; si la información era tan escasa, debía abarcar todos los sitios posibles para obtener una respuesta favorable.

Luego de crear una cuenta de usuario en cada uno de los sitios para poder interactuar con los foristas, comencé con las averiguaciones. No tardaron en responderme. Me escribían cosas como "los templos en donde se juntan son muy exclusivos", "nadie tiene esa información", "solo puedes ingresar si eres presentado por un integrante", "no están en Argentina", "yo también quisiera ir" y cosas por el estilo. Lo cierto es que todos opinaban pero nadie sabía realmente de qué se trataba; como se dice popularmente: "Tocaban de oído". Pero yo no tenía absolutamente ninguna duda de que esa secta existía y de que residía en la Argentina, de hecho, había recibido cartas y visitas de parte de ellos. Todavía no estaba del todo claro el motivo, pero se habían comunicado conmigo, y de qué manera...

Por supuesto que no iba a ingresar con mi nombre real a ninguno de estos foros, tenía que utilizar un seudónimo, así que elegí Lucifer 666. Quizás el *nick* era muy atractivo, o quizás el haber demostrado tanto interés en conocer y ser parte de la secta, y escribir en todos los foros y sitios web en los que se trataba el tema hizo posible que al día siguiente de haber hecho semejante tarea el anzuelo finalmente picara. La lombriz había sido mordida y había atrapado a un pez, uno que al fin sabía de lo que hablaba.

Comencé a revisar todos los sitios en donde me había registrado, uno por uno, y pude ver que las respuestas se habían multiplicado. A las anteriores se les sumaban otras como "no te metas en esas cosas", "para qué quieres saber sobre eso", "si supiera te lo diría" y cosas por el estilo. Pero había una respuesta que era diferente a todas; era una muy distinta y lo comprendí de inmediato, el pez que había atrapado decía algo como: "Si realmente estás interesado, te espero mañana a las 3 p. m. en la pizzería El Imperio, ubicada entre av. Federico Lacroze y av. Corrientes, única oportunidad". Luego daba una serie de instrucciones para que se produjera el encuentro: "Voy a tener puesta una camisa negra con un pañuelo rojo en su bolsillo. ¡Te espero!".

Eso era todo lo que había escrito, y parecía ser muy convincente. Claro que había posibilidades como la de ir hacia el lugar y no encontrar a nadie con esa descripción, por lo cual solo sería víctima de un bromista más, o que fueran otras personas además de mí, ya que el mensaje lo podía leer todo el foro. Esta posibilidad era poco probable, ya que a esa hora la mayoría de las personas se encontraban trabajando y, además, el único en todo el foro que estaba interesado en conocer un templo satánico era yo, el resto solo curioseaba sin tener ningún tipo de interés concreto. Otra posibilidad era que en el lugar se encontrara más de una persona vestida con camisa negra y pañuelo rojo en su bolsillo, pero eso era aun menos probable, sobre todo en un día de semana a las 3 p. m.

La adrenalina comenzó a hacerse presente. Pensaba que iba a conocer a un miembro de la secta que me conduciría al encuentro con Nito. Quizás le habían lavado la cabeza de tal manera que ahora era uno de ellos y lo encontraría en el templo practicando sus ritos como un miembro más. Tal vez fuera esa la razón por la que pretendían que dejara de buscarlo: para presumir una desaparición que nunca había existido, quedando su caso sin resolver y en el olvido mientras él se encontraba en el templo como miembro estable y perpetuo.

Las probabilidades se ramificaban; ya no eran solamente que se había ido con otra mujer, o que se encontraba perdido sin saber adónde ir debido a un problema de amnesia, o que debido al tiempo transcurrido podría estar muerto, como había sugerido el inspector Moreno, o que lo tendrían encerrado, y hasta secuestrado en algún lugar y por algún motivo. A todas esas hipótesis, ahora se le sumaba una más: quizás estaría vivito y coleando dentro de un templo satánico, entregándose por completo a la práctica de sus rituales y con ganas de que nadie lo molestase, por supuesto, con un importante lavado de cabeza previo.

Por lo pronto había un detalle que no se me podía escapar: si iba a introducirme en un templo satánico, el mismo en el cual sus integrantes me habían amenazado y golpeado sin piedad, debía ir disfrazado. El solo hecho de no hacerlo sería como firmar mi sentencia de muerte. Debía ingresar y registrar todo sin que nadie se diera cuenta y claro... sin que me reconocieran. De hecho, también debía disfrazarme para acudir al encuentro con quien sería un integrante de la secta, de esa manera estaría cubierto y no correría riesgos.

Contaba con poco tiempo para preparar mi disfraz. Recordé la vez en que me había disfrazado para una fiesta. Había ido a una casa de cotillón y había alquilado uno de piratas, pero esta vez era distinto, no podía ir disfrazado de pirata, mucho menos de Batman o de Súperman. Necesitaba, por el contrario, una caracterización profesional, y eso no se conseguía en un cotillón. Era la única oportunidad que tenía de introducirme en el mundo de la secta, un mundo en el cual estaba involucrado Nito de alguna manera, y también lo estaba yo, aunque sin darme cuenta.

Rápidamente comencé a buscar opciones en Internet. Tampoco entonces fue sencillo encontrar lo que necesitaba. En varios sitios ofrecían mascaras que no pasaban desapercibidas. Continué buscando hasta encontrar sitios de FX (efectos especiales) donde a través de sus videos mostraban cómo transformaban a una persona en prácticamente otra utilizando material símil piel de alta calidad, más una capa de maquillaje por encima. Estas mascaras iban desde la cabeza hasta el pecho en una sola pieza, y algunas hasta tenían pelo incorporado. Se trataba de un trabajo profesional y de excelente calidad. La máscara, junto al maquillaje correspondiente y a la ropa agregada, lograban una transformación impecable, al mejor estilo Hollywood. El detalle era que ninguno de estos sitios se encontraba en Argentina y que, además, de solicitar su servicio, este sería muy costoso.

Otra opción que recomendaba un sitio web era el maquillaje sobre el propio rostro. Se refería a técnicas para estilizar la nariz, crear arrugas, cambiar el color de la piel, colocar pestañas y cejas postizas. Lo cierto es que yo nada sabía de maquillajes, y mucho menos aplicarlo sobre mi propio rostro. Además, no contaba con mucho tiempo para poder hacerlo. Tampoco existía ningún sitio con un slogan tipo "Venga a nuestro centro y en una hora salga siendo otra persona por la módica suma de…" Eso hubiera sido ideal: acudir al lugar cerca de la 1 p. m. y salir a las 2 siendo otra persona, y tener una hora de tiempo para viajar y llegar a horario al encuentro con el integrante de la secta. Pero no existía tal lugar, y debía continuar buscando hasta encontrar una solución mientras el tiempo transcurría poniendo en jaque mi existencia, ya que no tenía en mente faltar a la cita y, de no hacerlo disfrazado, mi vida corría un serio peligro.

Continué con la búsqueda hasta encontrar la solución más práctica, simple y adecuada a la situación. La misma no consistía en ningún tipo de mascaras, ni de maquillajes, ni de centros de transformaciones; solo se trataba de bigotes y barba postiza, una peluca de hombre, sombrero, lentes y ropa que no solía usar. Era una propuesta simple pero efectiva, quien la proponía aseguraba una impresionante transformación con estos elementos sin recurrir a otros más complejos.

Recordé que John Lennon y Paul McCartney lo habían hecho para poder dar un paseo juntos por las calles de New York sin que nadie los reconociera, logrando tener éxito; claro que así lo mostraba el film *Two of us*, en el que Paul, que se encontraba en New York, decidía ir a visitar a su viejo amigo sorpresivamente. Lo cierto es que la travesía les había funcionado y, por qué no, también funcionaría conmigo. Ahora solo me restaba adquirir los elementos.

Ingresé al sitio Mercado Libre e inmediatamente aparecieron innumerables anuncios referidos a la cuestión, con productos de distintas calidades y de distintos precios. Antes de ofertar, en alguno de ellos pregunté si tenían *stock* disponible y si podría pasar a retirar el producto al día siguiente por la mañana, caso contrario, no me serviría. Algunos contaban con *stock*, otros no; me decidí por algunos productos a los que sí podía retirar al día siguiente y comencé a comprar. Los anuncios correspondían a usuarios de Capital Federal, por lo tanto, tenía tiempo para moverme dentro de la zona por la mañana, regresar a casa con los productos, colocármelos y luego partir hacia el encuentro. Compré peluca, bigote y barba, cejas postizas, un adhesivo especial para fijarlos y un sombrero; ya contaba con lentes, y algo se me ocurriría con respecto a la ropa.

Al día siguiente me levanté temprano para ir a buscar los productos ofertados. Regresé a casa cerca del mediodía y comencé a vestirme. En el placard tenía un *jean* color negro que nunca usaba, al igual que una camisa a cuadros y unos zapatos mocasines del color del pantalón en buen estado. Era ropa en desuso, nunca nadie me había visto con esa vestimenta ni volvería a verme, ya que no era de mi agrado. Comencé a transformar mi rostro comenzando por la barba y el bigote, y luego las cejas, utilizando el adhesivo; continué con la peluca y finalicé con los lentes y el sombrero. Al observarme en el espejo quedé sorprendido: quien se reflejaba no era yo, sino otro hombre, quizás un tanto extraño, pero definitivamente uno distinto, y eso era suficiente. Acomodé bien mi peluca y salí de casa.

Mientras viajaba en el tren del ferrocarril General Urquiza reflexioné sobre el asunto. Esta vez sí estaba yendo demasiado lejos. Disfrazarme de otra persona para introducirme en un templo satánico era ir muy lejos. Ni en sueños había imaginado nunca hacer algo semejante, pero la situación me había ido llevando, y aquí estaba, sentado en uno de los asientos del tren que me conducía al encuentro con un sectario. Ojalá todo esto no fuera en vano y pudiera finalmente encontrar a mi amigo con vida, ya fuera secuestrado o formando parte de la secta. En cuanto a la segunda posibilidad, estaba dispuesto a traerlo de vuelta al mundo real a patadas en el culo, más allá de las creencias que pudieran haberle inculcado.

Antes de ingresar a la pizzería observé mi reloj, eran las 3 p. m. clavadas. Ingresé por la puerta lateral, saludé a uno de los mozos y comencé a buscar lentamente. No había nadie con esas características. Me dirigí hacia el otro sector, en donde finalmente encontré en una de las mesas individuales, la más alejada de todas, a un joven de unos treinta años de edad, vestido con zapatos negros bien lustrados, pantalón de vestir color gris topo y camisa negra. De su bolsillo izquierdo sobresalía un pañuelo de seda color rojo. Acomodé mi bigote y me acerqué a la mesa.

—Buenas tardes.

—Hola, ¿cómo te va? —Me extendió su mano y me invitó a sentar.

—¿Algo de comer? Yo invito.

—No gracias, está bien —respondí, pero insistió.

—¿Seguro? Comamos algo.

—Te agradezco.

Me encontraba un tanto nervioso, lo que provocaba mi falta de apetito.

—¿Y para beber? Cerveza, gaseosa…

—Una gaseosa está bien, gracias.

Pensaba que era yo el más interesado en encontrarnos, pero al parecer se trataba de lo contrario. Parecía como si estuvieran reclutando gente y, por supuesto, había que tratarla bien. El mozo trajo dos 7up y mientras servía la bebida en su vaso imaginé que de la botella caía un líquido espeso de color rojo vivo. Una pregunta me hizo salir del trance:

—¿Qué fue lo que te llevó a querer conocer una secta? —preguntó amablemente, y ya contaba con mi *speech* preparado.

—La verdad es que últimamente me siento muy solo, no tengo a nadie y se me ocurrió que quizás en uno de estos lugares podría encontrar algún tipo de contención.

Mis palabras parecieron agradarle al joven, y en seguida me lo hizo notar.

—Nuestra secta es la más grande y más importante. Funciona en todo el mundo, somos un grupo de fieles muy unidos y nos apoyamos el uno al otro. En nuestro templo te vas a sentir muy acompañado, y nuestro Señor te va a cobijar con su manto.

—¿Y en dónde queda el templo? —pregunté apresurado.

—Tranquilo, ya vas a poder ir, solo uno de nosotros puede llevarte, y luego de conocerlo no debes divulgar su dirección ni contárselo a nadie; tampoco debes contar acerca de los rituales que se practican y, por supuesto, debes venir solo, sin traer a nadie, tienes que tener autorización para poder hacerlo. Es por eso que estoy tan emocionado, es la primera vez que me autorizan, por lo tanto, eres la primera persona a quien voy a acercar al templo.

"¡Uy qué emoción! Estos tipos están todos descerebrados", pensé, pero en cambio dije:

—Bueno, gracias por el honor. ¿Y qué tipo de rituales practican?

—Ya los vas a ver... No son como la gente piensa, ellos creen que somos asesinos y no es así; salvo que sea necesario ja, ja, ja, ja, ja.

Comenzó a reír festejando su propia broma, la cual no me causó gracia. Solo sonreí para darle el gusto. El bigote comenzaba a molestarme y solo pensaba en una cosa: en retirarme, pero aún no había logrado el objetivo, por lo tanto, continué con la parodia.

—Debo decirte que yo también estoy emocionado, va a ser la primera vez que ingrese en un templo y comparta ceremonias con una secta.

—¡Con *la* secta! —me corrigió—. Los amigos de Lucifer tenemos, entre otras cosas, contacto directo con nuestro Señor a través de nuestros ritos.

—Entiendo, ¿y siempre ingresan personas que encuentran a través de foros o sitios de Internet?

—No, para nada —respondió sonriendo—. Solo navego por esos sitios para divertirme leyendo las pavadas que escribe la gente sin saber nada al respecto. Pero en el caso tuyo, me impactó tu genuino interés por acercarte a conocernos; tus comentarios eran muy diferentes a los del resto, además me encantó tu *nick*.

—Bueno, me alegra que te haya gustado.

Era cierto que mi nombre de fantasía era muy atractivo y se diferenciaba del resto; nadie se había animado siquiera a tener un nombre de fantasía semejante: "Lucifer 666". De hecho, tampoco yo me hubiera atrevido a poseerlo tiempo atrás, pero la situación me había llevado a atreverme a muchas cosas.

—¿En dónde vives? —me preguntó, y no tuve más remedio que mentir rápidamente.

—En Devoto.

—Ah, un poco lejos. El templo queda en el conurbano, en la localidad de José C. Paz, y mañana va a ver ceremonia y un ritual de iniciación. Quizás te quede un tanto lejos pero, si quieres, puedes venir.

De ninguna manera podía dejar pasar dicha invitación.

—El tren llega hasta esa estación, es un viaje fácil y directo.

—¡Cierto! —contestó entusiasmado—. Yo podría esperarte en la estación José C. Paz y de ahí caminamos apenas unas cuadras.

—¡Perfecto! ¿A qué hora?

—A las 8 p. m. en la estación.

—Ok, ahí estaré. Ahora, si me disculpas, debo retirarme, tengo compromisos —volví a mentir.

—Está bien, no hay problemas.

Me levanté para saludarlo y antes de retirarme me dijo sonriendo:

—Te espero mañana, no te vas a arrepentir.

Asentí con la cabeza y me retiré.

Quería retirarme desde el primer momento en que había llegado, no solo porque me molestaban los apliques que tenía en el rostro, ni por la tensa situación, sino porque había percibido una energía muy oscura por parte de esa persona y, además, contaba con la misma siniestra sonrisita que Adolfo. A este último solo esperaba encontrarlo dentro de ese templo para que no quedara duda alguna de su culpabilidad. Todavía no había planeado acerca de cómo iba a obtener las pruebas para inculparlo, quizás tomando algunas fotografías del lugar cuidadosamente con mi celular, pero eso era demasiado arriesgado… De todas maneras, algo se me iba a ocurrir.

## XXIX

Volví a disfrazarme y, mientras viajaba en el tren que me conducía a José C. Paz, trataba de imaginar con qué me encontraría. Quizás vería al malnacido de Adolfo mezclado entre los sectarios como un miembro estable de esa secta, o quizás encontraría a Nito en cualquier circunstancia, tanto secuestrado como inducido a ser miembro. Todo era posible, por lo que sabía que debía mantenerme con calma y cauto en todo momento.

Al llegar a la estación me esperaba el joven, al cual no había preguntado su nombre, ni tampoco me había obligado a mentir el mío. Lo reconocí de inmediato a pesar de que no llevaba puesta la misma vestimenta. Mientras caminábamos las seis cuadras que nos llevaban al templo, le manifesté que tuviera en cuenta que se trataba de mi primera vez en una secta y que, por lo tanto, no estaría interesado en participar en sus ritos, que solo con observar estaría bien esta vez.

—Está bien, solo relájate, déjate llevar y disfruta.

Un portón grande se abrió e ingresamos a una especie de sala muy poco iluminada. El piso se encontraba pintado de color negro y en el centro había un pentáculo, es decir, una estrella de cinco puntas igual a las que había visto en Internet. Sobre cada una de sus cinco puntas descansaba una vela encendida. El pentáculo estaba prolijamente dibujado y por dentro contenía una escritura que no podía comprender. Sobre las paredes había algunas telas con el símbolo que representaba a la secta satánica y que yo ya conocía muy bien. Al observar toda la escena, el miedo se apoderó de mí y tuve deseos de retirarme, aunque no podía hacerlo. Una mano tocó mi hombro derecho y me hizo saltar del susto; se trataba de uno de los sectarios que solo quería presentarse tras enterarse de mi primera vez en el templo. Luego se acercaron dos personas más, una de ellas una mujer; todos se comportaban amablemente y hasta de manera agradable. Sobre sus rostros descansaba una sonrisita perpetua, como si estuvieran en un lugar encantado, encontrándose en un estado similar. "Qué gente enferma", pensé.

Me invitaron amablemente con unos sándwiches y me ofrecieron gaseosa de beber. La ceremonia aún no comenzaba, el joven me había llevado al templo horas antes, quizás para que me fueran conociendo. El portón volvió a abrirse e ingresaron dos personas más; los saludé entusiasmado creyendo que serían personas nuevas dentro de la secta al igual que yo y que, de esa manera, podría sentirme más acompañado, pero no... todos se conocían con anterioridad. Llegaban y comenzaban a saludarse entre sí, lo que denotaba que eran miembros de la secta. El único nuevo era yo. Estaba completamente solo. El joven al que había conocido me presentaba orgulloso a cada uno de los que iban llegando, como si yo fuera su propio trofeo. Quizás hasta recibiría algún tipo de premio o ascenso dentro de la secta por haber llevado a un miembro nuevo... Lo cierto es que a mí me incomodaba y una alerta me surgió al pensar si la ceremonia de iniciación de la que había hablado el joven tendría que ver conmigo.

Comencé a estudiar el portón de entrada y noté que de afuera no se abría; cada vez que alguien ingresaba era porque desde dentro alguien giraba el picaporte para luego cerrar la puerta sin poner ningún tipo de trabas ni de llaves; por lo tanto, si la cosa se ponía pesada, podría salir corriendo de ese lugar sin problemas, aunque claro, no era conveniente, no de esa manera. También existía una puerta interna, pero esa era aun menos conveniente para mí, ya que no tenía salida a la calle, sino que conducía hacia dentro de la residencia.

Un hombre se acercó hacia mí.

—Es la primera vez que vienes, ¿no?

—Así es.

—¿Quién te trajo?

Levanté mi brazo y señalé al joven, quien por suerte se encontraba cerca de mí, de otro modo no hubiera sabido qué responder.

—Ah, con razón está tan contento, ¡y no es para menos! Es la primera vez que le permiten traer a alguien. —Y continuó—: Yo también lo estoy, estoy muy emocionado, hoy se inicia mi hija en la secta.

Lo contaba con orgullo, realmente se lo notaba emocionado.

—¡Cuánto me alegra! —dije solo para complacerlo, ya que no tenía ni idea de a qué se refería.

Había transcurrido una hora desde mi llegada; el portón se había abierto y cerrado varias veces. Dentro del recinto respiraban unas treinta personas, en su mayoría hombres. Se apagaron las tenues luces para dar paso a otras de color rojo; entonces la puerta interna se abrió y de ella salieron seis personas vestidas con una túnica de color bordo, con una capucha que les cubría la cabeza y gran parte de sus rostros, lo que hacía imposible poder identificarlos. Uno de ellos poseía una máscara de Satanás tétrica. Entre los fieles no se encontraba Adolfo ni tampoco Nito; me pregunté si uno de ellos, o quizás los dos, se encontrarían detrás de esas túnicas encapuchadas o de aquella máscara. Averiguarlo sería difícil, pero aún tenía tiempo.

Uno de ellos comenzó a arrojar pétalos de rosas sobre el pentáculo. Las velas los iluminaban y pude notar que eran de color rojo: la ceremonia había comenzado. Todo era absoluto silencio hasta que el poseedor de la máscara comenzó a decir unas palabras en un idioma incomprensible, al menos para mí; el resto de los miembros respondía en la misma lengua. Comenzaron a circular botellas de *whisky* entre la gente, todos bebían largos tragos del pico antes de pasarlo; las extrañas palabras sonaban cada vez más fuerte y el resto respondía al unísono y a los gritos. Solo entendía cuando el poseedor de la máscara gritaba:

—¡Viva Satán!

Y el resto respondía:

—¡¡Viva!!

Uno de los encapuchados salió por la puerta interna y en seguida regresó con dos gallinas en sus manos. Otro acercó un cáliz y varias copas; supe que una situación horrible estaba a punto de ocurrir. Tras darle varias vueltas a los cogotes de ambas gallinas, otro de los encapuchados sacó un cuchillo y cortó íntegramente las cabezas de las dos mientras sus colegas llenaban primero el cáliz y luego las copas con la vitalidad de las aves. El espanto se apoderó de mí al punto de casi vomitar; me tapé fuertemente la boca e hice fuerza para contenerme. Quería llorar, quería huir inmediatamente de ese lugar pero no podía hacerlo, no si quería seguir con vida.

El poseedor de la máscara de Satanás alzó el cáliz bien alto y luego de pronunciar unas palabras en el extraño idioma procedió a beber; lo mismo hizo el resto de los encapuchados, para luego distribuir las copas entre los fieles. Cuando me tocó el turno, solo hice un gesto de negación con la cabeza y por suerte no insistieron. Al instante comenzaron a cantar lo que yo no comprendía y a bailar de manera extraña. Parecían salvajes traídos de la época de la prehistoria, solo que estos eran civilizados, al menos en teoría. Entraron en una especie de trance, en el cual ya no pertenecían a este mundo, estaban como en otra dimensión; sus movimientos no concordaban con personas del ámbito normal. Estaban transportados, al menos, a otra realidad, a una realidad satánica. Nadie observaba al que estaba al lado, cada uno estaba en su propio mundo, sus ojos desorbitados así lo corroboraban. Solo yo parecía estar dentro de mis cabales en todo el templo, intentando descubrir algo, intentando encontrar a mi amigo.

Uno de los encapuchados se retiró y a los pocos minutos regresó con una joven de no más de catorce o quince años. Era de tez blanca, de cabello largo y lacio, negro azabache, de estatura mediana y delgada. Vestía solo una bata de seda color blanco, largo hasta los pies. La jovencita era realmente hermosa, pero había algo que no era normal en ella, no parecía estar en trance como los demás; su comportamiento no era similar, más bien parecía estar drogada. El sacerdote la colocó en el centro del pentáculo y le quitó la bata exponiendo su belleza y su pureza. La joven no parecía inmutarse, solo obedecía. Luego la colocó suavemente dentro del círculo y la incitó a recostarse sobre los pétalos de rosas y las extrañas escrituras. El satánico miró hacia sus fieles y comenzó a decir unas palabras. Yo solo esperaba que no hicieran lo mismo que con las inocentes aves, que la ceremonia no se convirtiera en un sacrificio humano. Estaba dispuesto a impedirlo: si alguno de ellos sacaba un cuchillo encarando hacia la adolescente, me abalanzaría sobre él aunque eso significara el fin de mi existencia. Ya lo había decidido, de todas maneras, no podría seguir viviendo luego de presenciar tan aberrante acto sin haber hecho nada al respecto.

La gente comenzó a danzar alrededor del círculo; giraban una y otra vez sin detenerse y sin cansarse. Algunos bebían *whisky* de la botella, otros tenían en su mano una copa ensangrentada. Mientras danzaban, gritaban y cantaban algo que yo seguía sin comprender. Luego comenzaron a hacerlo los seis encapuchados. Solo tres mujeres y yo no lo hacíamos, aunque ellas se movían en el lugar con movimientos extraños. Comenzaron a arrojarle sangre proveniente del cáliz y de las copas, que parecía brillar sobre la blanca piel de la jovencita, que se encontraba adormecida.

Fue el sacerdote enmascarado el primero en quitarse la túnica y abalanzarse sobre la adolescente. La tomó de las piernas y la penetró sin piedad alguna; ella abrió los ojos de repente, aunque continuaba sin reacción. El brutal acto le causaba dolor, así lo transmitía su rostro. Comenzó a gritar, pero sus gritos eran absorbidos por los de los sectarios. El sacerdote satánico abusó de ella durante un largo rato, para luego salirse y dar paso al siguiente. La adolescente continuaba sin reacción, aunque su rostro manifestaba un profundo dolor. Si bien no la estaban asesinando, el hecho me pareció igual de aberrante. Estaba a punto de retirarme cuando apareció el joven que me había llevado al templo y, con su mirada diabólica y con un gesto, me invitó a que fuera el siguiente abusador. Le contesté con palabras, como si pudiera escucharme y entenderme:

—No, yo paso, gracias.

Pero el joven insistió. Volví a negarme, esta vez con gestos para que pudiera comprender, pero continuó insistiendo al punto de tomarme de un brazo y arrástrame dentro del circulo. Salí inmediatamente del mismo espantado, habiendo alcanzado a ver de cerca los ojos de la jovencita bañados en lágrimas. Caminé lentamente, abrí la puerta tal como lo tenía previsto y me retiré corriendo del espantoso templo.

Mientras regresaba a mi casa me prometí a mí mismo no volver nunca más a ese lugar. "Lo siento Nito, pero si continuar con tu búsqueda significa tener que regresar a un lugar como este, hasta aquí llegué... Simplemente no puedo hacerlo, lo intenté, hice todo lo posible, pero hasta aquí llegué", dije para mis adentros. Me llevaría un largo tiempo quitarme las imágenes de mi cabeza: las pobres gallinas, los sufridos ojos de la adolescente y el enfermo de su padre permitiéndolo. Todo era demasiado, pero debía hacer un esfuerzo y olvidarlo, debía comenzar a recuperar mi vida.

# XXX

Con el correr de los días fui olvidando lo sucedido en aquel templo. Me significaba mucho esfuerzo poder hacerlo; cada vez que venía una imagen o un pensamiento a mi mente, lo desechaba antes de procesarlo y vivirlo nuevamente. Suponía un desgaste muy importante, pero estaba funcionando, o al menos eso creía. No podía borrar mi memoria por completo, pero al menos podía decidir no revivir lo ocurrido aquel día, y eso era suficiente. Había pasado una semana y tampoco había tomado la carpeta de recortes, solo deseaba aclarar mi mente y ocuparme un poco de mí. Decidí entonces ir a pasear por el microcentro porteño; las peatonales Lavalle y Florida serían una buena opción, ambas se encontraban plagadas de gente que iban y venían, y eso era lo que necesitaba: sentirme rodeado de gente, ver vidrieras, quizás hacer algunas compras y hasta, por qué no, cenar en alguno de sus restaurantes.

La idea me entusiasmó de inmediato y comencé a moverme. En otro momento de mi vida hubiera elegido otro lugar para pasear, uno en el cual se pudiera caminar sin chocar con otras personas, quizás uno que contuviera bellos paisajes, un lugar pacífico, rodeado de naturaleza, pero en ese momento aquello era justo lo que necesitaba, encontrarme rodeado de gente de todas las edades y de distintas nacionalidades. Y ahí estaba yo, mezclado entre la multitud, caminando entre la gente de una de las metrópolis más grandes del mundo, con una sonrisa dibujada en mi rostro.

Ingresé en un local de venta de *souvenirs* para turistas y compré la estatuilla de una pareja bailando tango; sobre su base se leía: "Recuerdo de Buenos Aires". Yo vivía precisamente en ese lugar, era mi ciudad, pero qué importaba, la estatuilla era muy bonita y quedaría muy bien sobre el mueble de mi *living*, junto a la del arcángel Miguel. Luego ingresé a una disquería y compré algunos discos de tango de Gardel, de Alfredo De Angelis y de Osvaldo Pugliese que tanto me gustaban.

Recorriendo y dando un grato paseo, el tiempo pasa rápidamente; comenzaba a oscurecer y decidí entonces ingresar a un restaurante de la calle Florida. Me senté junto a una mesa y noté que en las linderas había gente de distintas nacionalidades; sus distintos idiomas así lo indicaban, y estos se mezclaban unos con otros, agudizando mi oído. Supuse que esto sucedía en todos los restaurantes de la zona, yo simplemente había ingresado en el que indicaba el folleto que había recibido sobre la peatonal. La sensación me era agradable; después de tanto tiempo encerrado solo en mi propia casa, rodearme de tanta gente proveniente de distintas partes del mundo era genial.

El restaurante estaba muy bien decorado al estilo campestre, con mucha madera de roble, carretas con paja en su interior, y hasta un caballo de madera en tamaño real. La carta se leía en español y en inglés por obvias razones y contaba con cocina internacional. Luego de estudiarla brevemente, ordené una botella de malbec y pasta casera para cenar. El lugar estaba prácticamente completo, aunque la única mesa en la que había una sola persona era la mía, pero eso estaba bien. Era un avance muy importante para mí estar sentado en un restaurante del microcentro cenando junto a gente del mundo a mi alrededor y escuchando voces en distintos idiomas, ya que días atrás me encontraba también solo, pero aterrorizado dentro de mi casa, con Satanás saliendo de mi habitación y estrujando mi estatuilla del arcángel. Al recordar esa situación una mueca se formó en mi rostro. Bebí un trago de vino y comencé a cenar.

Al regresar a casa reflexioné acerca de repetir el paseo en forma periódica; durante esas horas me había olvidado por completo de Nito, de su desaparición, de las amenazas escritas con sangre, de la golpiza recibida, de mi altercado con Adolfo, de la pérdida de mi empleo y hasta de la desagradable situación vivida en el templo. Había vuelto a ser yo, disfrutando de un buen paseo alejado de los problemas. Me prometí que así sería de ahora en más.

Bajé del tren y comencé a caminar hacia mi casa. Lo hice lentamente, ya que me encontraba realmente relajado. A lo lejos divisé una gran cortina de humo, nada extraño para mí ya que frente a mi casa, en el predio del ferrocarril, los vecinos habitualmente prendían fuego para quemar ramas y hojas secas de sus jardines, así como muebles viejos y todo tipo de objetos en desuso, solo que esta vez parecía ser una fogata más grande que las habituales. Comencé a escuchar la sirena de los bomberos que se acercaba cada vez más con su sonido estremecedor hasta pasar por delante de mí en dirección hacia el humo. Aceleré mis pasos pensando que tal vez la quema de residuos y objetos se les habría ido de las manos, generando un fuego peligroso. Jamás imaginé que al llegar mis ojos se iluminarían con las llamas de un fuego voraz proveniente de mi propia casa. Corrí desesperado tratando de ingresar pero me fue imposible, el fuego se había apoderado por completo de mi propiedad; retrocedí unos metros y volví a sentir el aguijón de las lágrimas.

La policía llegó de inmediato, cercó el perímetro y comenzó a efectuar preguntas, mientras los bomberos se esforzaban por apagar las llamas. Mis vecinos, que estaban todos en la calle, al verme se acercaron para consolarme. Al igual que yo, ellos tampoco podían creer lo que sucedía. Me arrodillé y me tapé el rostro con las manos; sentí ganas de retirarme de este mundo para siempre. A mi lado reposaba la bolsa con los discos y la estatuilla tanguera. Un oficial de la Policía me invitó a subir al patrullero para ir hacia la comisaria y efectuar la denuncia correspondiente; solo le hice un gesto de negación con la cabeza. A los pocos minutos llegó el inspector Moreno, que se agarraba la cabeza sin poder creer lo que sus ojos veían. Me abrazó sin decirme absolutamente nada, no era necesario.

Luego de aproximadamente dos horas, y con la ayuda de otra dotación de bomberos, el fuego se extinguió y quedó como resultado mi casa totalmente devastada. Ingresé a ella y noté que el agua me llegaba por encima de los tobillos. Nada se había salvado. Mis muebles, mi computadora, mi sistema de audio y hasta el arcángel habían sido alcanzados por las llamas. Ingresé a mi habitación y la imagen fue devastadora: mi piano, al igual que la guitarra de Nito, solo quedaría en el recuerdo. El olor existente era asqueroso y de las paredes, que ahora se encontraban totalmente negras, aún salía humo. ¿¡Por qué tanto ensañamiento!? ¡Justo cuando había decidido hacerme a un lado y comenzar una nueva vida!

La policía me pidió que me retirara del lugar, aduciendo que no podía estar ahí, a pesar de ser mi propia casa. El inspector aún continuaba afuera; su mirada era de lástima. Eso era lo que sentía por mí: lástima.

—Gabriel, si quiere no me cuente, pero ¿en qué se ha metido esta vuelta para que esto termine así?

—Le aseguro que en nada grave, nada como para que me hagan esto. Lo bueno es que esta vuelta no recibí ninguna carta —dije irónicamente, con una especie de humor negro.

—Quizás la dejaron y el fuego se ocupó de ella.

—Quizás. Lo cierto es que ya no tienen con qué dañarme, el próximo paso es la muerte.

—¡No diga eso! Con esto se terminó todo. Usted no se involucra más, y se terminan las represalias; es una persona muy joven y no tiene sentido involucrarse de esta manera, su vida vale mucho.

—Ahora vale menos.

—No, vale igual que siempre, no tenga dudas de eso; usted tiene un gran corazón, uno de esos que ya no se encuentran. En un principio creí que usted podría llegar a ser el responsable de la desaparición de su amigo, por algún motivo, no importa cuál, pensé en usted como el responsable; lo creí aun después de la golpiza que recibió. Piense que para un detective todos son sospechosos, y su proceder hacía pensar que inteligentemente se mostraba preocupado y dispuesto a colaborar con la investigación escondiendo sus culpas; era una buena estrategia. Incluso lo de la golpiza podría haber sido preparado. "Qué buen actor es", pensaba. Si hasta se lo notaba angustiado cada vez que hablaba de su amigo. Cuando vine a su domicilio, luego de que la ambulancia lo dejara en el hospital, me encargué de revisar todo. Tenía una buena oportunidad de descubrir al verdadero culpable, encubierto y disfrazado de amigo, pero al no encontrar nada mis sospechas se fueron aplacando y hoy no tengo ninguna duda. No es ningún actor, ni siquiera uno muy bueno. Realmente tiene un corazón único y lo que ha hecho por su amigo pocas personas podrían hacerlo, por lo tanto... —Extendió sus brazos en busca de mi reacción. Lo abracé muy fuerte y supe que era una confesión sincera de un tipo que no confiaba realmente en nadie. Luego agregó—: Si no tiene dónde quedarse, puede venir a mi casa hasta que encuentre una solución.

Algunas veces la ayuda puede llegar de parte de la persona que menos se espera, y una palabra de aliento es un abrigo para el alma de cualquier ser humano. Frente a mí se encontraba una persona con una ternura antes cubierta por muchas capas de seriedad y frialdad; pero es en este tipo de situaciones cuando se reconoce una verdadera identidad, aquella que va mas allá de los roles y de los personajes adoptados; aquella que es la esencial.

—¡¡Muchas gracias!

# XXXI

Mi vida estaba destruida de la misma manera que se encontraba mi casa, incendiada, negra y sin valor alguno. A pesar del ofrecimiento del inspector, decidí hospedarme en una pensión familiar de cero estrellas ubicada a unas cuadras de la que era mi casa. En ese tipo de lugares el hospedaje es inmediato, solo hay que pagar la semana por adelantado y la señora Marta, dueña de la pensión, otorga las llaves de la habitación, sin importar los antecedentes, si se es un ex convicto, un prófugo de la justicia o un asesino que acababa de cometer un crimen, con sus manos aún manchadas con sangre. Solo se necesita tener el dinero de la semana por adelantado para poder ingresar, con eso es suficiente.

Ese era el lugar donde me encontraba, con apenas lo puesto. Mi ropa, al igual que todas mis pertenencias, ya no existía; solo me acompañaban la pareja de tango, los discos nuevos, aunque no tenía dónde escucharlos, y mi teléfono celular, el cual encendí luego de dos días. Encontré llamadas perdidas de Gladys y de algunos amigos olvidados. Lo apagué de inmediato, sin ganas de escuchar sermones ni lamentos de nadie. El golpe recibido había sido muy duro y repercutía notablemente en mi estado de ánimo. La ilusión de comenzar una nueva vida que había obtenido en aquel paseo por el microcentro porteño me había sido arrebatada en un instante al incendiarme la casa y quedar prácticamente en la calle. Si su idea era la de darme un golpe mortal en lo más profundo de mi ser, lo habían logrado, ya que escasas eran las ganas que tenía de continuar con mi vida; aunque quizás les haya salido de casualidad y en realidad intentaron quemarme vivo dentro de mi propiedad. Lo cierto es que sentía que el resultado había sido el mismo: habían logrado terminar con mi vida.

Los siguientes días continué vagando sin rumbo ni destino. La habitación de la pensión estaba llena de botellas con bebidas alcohólicas, en su mayoría vacías, aunque nunca permitía que se terminaran todas sin antes darme una vuelta por el supermercado. Si anteriormente mi situación era similar a la de la película *Corazón satánico*, la actual se parecía y mucho a *Adiós a Las Vegas*, protagonizada por Nicolas Cage. Mi hermandad con la bebida se había profundizado a tal punto que empezaba a convertirme en un alcohólico, si es que ya no lo era. El alcohol funcionaba como una especie de escape de la realidad, aunque esta volvía con todas sus fuerzas cuando estaba sobrio, por lo cual debía volver a beber y así completar el círculo vicioso, ese del cual es tan difícil salir. El tiempo transcurría en su marcha inevitable y ya no recibía llamadas perdidas de nadie, de hecho, ya no tenía necesidad de andar apagando el celular para no recibirlas; ni siquiera el inspector Moreno me llamaba. Claro… no tendría ninguna novedad del caso.

Algunas tardes luego de beber salía a caminar, siempre en dirección contraria a la de mi casa, ya que desde aquel trágico día del incendio no había vuelto a acercarme nunca más por obvias razones. Caminaba sin rumbo, sin tener adónde ir y sin saber adónde llegar; solo caminaba hasta cansarme y luego regresaba por el mismo camino transitado. Si antes llevaba una vida complicada en la que permanecía encerrado dentro de mi casa, ahora llevaba una vida peor, en la que me había convertido en una especie de vagabundo libre pero sin destino ni futuro.

Una noche, luego de haber bebido demasiado, sentí que la habitación de la pensión daba vueltas de un lado hacia el otro, y como el encierro ya no era lo mío, salí a la calle a vagar. El clima acompañaba, era una noche cálida y agradable. Luego de caminar sin rumbo durante un tiempo, paré un taxi y al subir le dije con voz ronca al chofer:

—¡Al Jam Rock!

Mi última visita a ese lugar había sido desastrosa: había increpado a Adolfo, había tirado sillas y botellas al suelo y había sido retirado inmediatamente por el personal de seguridad tras hacer un papelón inolvidable. Me preguntaba qué sucedería si volviera a encontrar a Adolfo esta misma noche. ¿Pondría la misma falsa sonrisita al verme? ¿Me mostraría nuevamente su siniestra mueca? Más allá de su actitud, lo más importante era lo que yo estaría dispuesto a hacer.

*Le daría una gran trompada justo en medio de su siniestra mueca para borrársela de una vez y para siempre. Luego inevitablemente lo acusaría de haberme incendiado la casa, demostrándole que si su cometido, y el de toda su secta, era prenderme fuego dentro de ella, no lo habían logrado y estaría ahí frente a él para vengarme.*

Claro que no podía llevar un bidón de nafta para devolverle el favor; tampoco podía llevar ningún tipo de arma, ni siquiera un arma blanca, ya que sería detectada en la entrada por el personal de seguridad. Debía conformarme con una buena trompada sin antes presentarme, ya que lo había hecho anteriormente. Además, él sabía muy bien quién era yo. Solo tendría posibilidad de un buen arrebato antes que seguridad me retirase a la fuerza nuevamente. Había dos cosas que mi pensamiento impulsivo no estaba teniendo en cuenta: la primera era que quizás Adolfo no estuviera en el lugar y la segunda, más importante aún, era que quizás ni siquiera me dejaran ingresar al reconocer mi rostro y recordar aquel viejo episodio.

El viento que recibía a través de la ventanilla baja del taxi comenzó a jugarme una mala pasada, aumentando mi grado de ebriedad al punto de sentirme descompuesto. Ahora lo que daba vueltas sobre mí era el interior del vehículo, por lo que no me quedó otra alternativa que bajar de inmediato. Al hacerlo no supe dónde me encontraba, pero eso no era un problema; de hecho, esa era la sensación que tenía todos los días. Solo hice lo habitual: comencé a caminar de la misma forma en que lo hacía al salir de la pensión, sin rumbo ni destino. Caminé por calles oscuras hacia el infinito zigzagueando por las veredas. Luego de vagar durante un rato, me encontré con que en una de las oscuras esquinas aguardaban tres chicas de entre veinticinco y treintaicinco años vestidas con muy poca ropa. No era necesario estar sobrio para darse cuenta de que eran chicas de alquiler. Las tres me observaban atentamente, como lobas que observaban una oveja perdida o alejada de su rebaño.

La más alta de las tres, la de tez morena, se apoyaba sobre las rejas de una casa poco iluminada. Su cabello rizado evocaba a una artista americana cuyo nombre no podía recordar en ese momento. A su lado fumaba una de sus compañeras, rubia, de estatura mediana, que llevaba puesta una blusa fluorescente y un mini *short* a punto de explotar; pitaba su cigarrillo y largaba el humo sin dejar de observarme, como si me tirara el humo en la cara a pesar de que todavía no estaba lo suficientemente cerca para poder lograrlo. Por último, la tercera loba era de tez blanca y cabello rojizo, notablemente teñido. Su atuendo era más discreto que el de sus compañeras, lo que la hacía más elegante. Su vestido suelto de color rojo intenso parecía estar encendido en lo profundo de la noche. Seguí caminando en dirección hacia ellas y cuando estuve lo suficientemente cerca, fue la loba rubia la que me increpó:

—¡Hola guapo!

Una sonrisa se dibujó en mi rostro inmediatamente. Sabía que esa frase la repetiría a otros hombres a lo largo de toda la noche, día tras día, pero esta vez quien la recibía era yo y, después de todo, no me venía nada mal un piropo seguido de una buena compañía ante tanta soledad.

—¡Hola! —dije dirigiéndome a las tres.

—¿Qué andas haciendo por estos pagos? —continuó la morocha.

—La verdad no lo sé, solo caminaba un poco.

—¡Y con dificultades! —agregó la pelirroja.

Las tres largaron una fuerte carcajada al unisonó. También lo hice yo, después de todo, era gracioso lo que había dicho, además de cierto.

—¿Quieres algo de compañía? —preguntó entonces la rubia con mirada pícara mientras se acercaba a mí.

—La verdad es que no estaría nada mal, aunque yo estaba lleno hacia otro lugar…

Tenía cierta dificultad para hablar claramente, podía darme cuenta de eso al pronunciar cada una de las palabras que decía, y seguramente para el resto de las personas esto era más notorio, aunque las chicas parecían no inmutarse.

—No existe otro lugar mejor que esta esquina con nosotras tres, olvídate del otro lugar.

Mientras me hablaba, la loba de los mini *shorts* manipulaba el primer botón de mi camisa.

—¿De cuánto hablamos? —dije seriamente.

—$ 500 una hora con cualquiera de las tres o, si te animas con las tres juntas, podemos charlarlo.

—No, está bien. Una es suficiente, me gustaría pasar un rato con ella.

La chica del vestido rojo mostró su sorpresa cuando se vio señalada. Luego su gesto cambió hacia uno más alegre: alguien la había elegido y el trabajo llamaba a su puerta. Me invitó a seguirla y durante el trayecto me explicó que nos dirigíamos hacia el hotel en que ellas trabajaban, ubicado a la vuelta de donde nos encontrábamos, y que solo me cobrarían $ 150 por el servicio, lo que ya sumaban $650, inapropiado para un desocupado. Sin embargo, en el estado en que me encontraba no podía deducir si el costo era alto o bajo. En todo caso esas cuentas las haría al día siguiente, cuando ya fuera demasiado tarde.

Al llegar al hotel, y luego del pago anticipado de ambos servicios, recibí las llaves de una de las habitaciones, la número 49. La coloqué en la cerradura, abrí la puerta y una intensa luz roja nos envolvió a los dos. La habitación era por demás sencilla. Su piso alfombrado tenía cientos de quemaduras de cigarrillo y las paredes, algunas manchas de humedad; de todas maneras era mejor que la habitación de la pensión.

Luego de observar el reciento durante un instante dirigí la mirada hacia mi compañera, la cual parecía una princesa fuera de contexto, como si la hubiera raptado de su castillo para sumergirla en alguna precaria cueva, o en una inmunda alcantarilla, muy lejos de su lugar originario. Su cabello, al igual que su vestido, se entrelazaba con la luz ambiental, prevaleciendo su blanca piel casi fantasmal. Intentó quitarse el vestido cuando la detuve aduciendo que yo lo haría cuando fuese necesario. Le pregunté si deseaba algo de beber.

—No, gracias —respondió suavemente.

Tomé el teléfono de la habitación y pedí una medida generosa de vodka. Luego de beberla de un sorbo la tomé por detrás y mientras acariciaba su vestido pregunté por su nombre.

—Karen —respondió dulcemente.

Su nombre era sumamente *sexy*. Comencé a levantar poco a poco su vestido dejando al descubierto sus rodillas, luego sus muslos y finalmente su cola. Su figura era realmente hermosa y su ropa interior de encaje color negra calzaba a la perfección. La tomé fuertemente de la cintura apoyando su cola en mi pene y comencé a besarla en el cuello lentamente. Cerró sus ojos como muestra de placer. La di vuelta y, ya frente a mí, procedí a quitarle el vestido. Desaté su corpiño sin dejar de mirarla a los ojos. Sus blancos pechos carnosos, de pezones rosados y erectos, me invitaban a zambullirme en ellos, y así lo hice. Como un forajido me sumergí en su femineidad mientras ella desabrochaba uno a uno los botones de mi pantalón hasta dejar mi pene erecto atrapado en el calzoncillo. La tomé de la nuca y Karen ya sabía qué hacer. Lentamente fue descendiendo hasta quedar de rodillas. Metió mi verga en su boca entregándome su cálida y húmeda lengua; mientras lo hacía, no dejaba de mirarme en ningún momento. Los problemas se iban retirando de mi mente uno tras otro, dejando solamente lugar para la excitación. Le apreté un brazo y la puse de espaldas, se inclinó levemente y luego de correrle bruscamente la tanga me introduje salvajemente en lo más profundo de su ser, escuchando el primer gemido de Karen.

Sus pechos comenzaron a moverse invitándome a que los tomara, así lo hice y la pelirroja comenzó a gritar cada vez más fuerte. Ahora los roles se habían invertido, ella era la oveja desprotegida mientras yo pasaba a ser el lobo feroz que se aprovechaba sin piedad. Poco a poco y sin discontinuar la penetración la fui llevando hacia la cama para continuar dentro de ella. Comencé a darle unas suaves nalgadas e imágenes del templo comenzaron a intervenir mi mente evocando a aquella adolescente siendo poseída por los sectarios. Las imágenes comenzaron a mezclarse con la del espantoso símbolo, con la sangre de las aves, con los extraños movimientos de sus integrantes, y comencé a nalguearla más fuerte, aumentando el volumen de los gritos de la pelirroja. Otro sectario se apoderaba de la joven y mi casa se incendiaba, con la impotencia de no poder hacer absolutamente nada para detener el fuego, pero en esa habitación del hotel yo era muy potente y continuaba zamarreando a la prostituta. La piel de su cola se encontraba totalmente rojiza, los golpes eran cada vez más fuertes, ella gritaba y gemía de placer y de dolor, aumentado cada vez más la intensidad. Me encontraba en una especie de trance, como si algo me hubieran hecho en aquel templo. Perdí mi estado de conciencia y me convertí en una endemoniada criatura de lujuria y placer. Las imágenes comenzaron a circular más rápido y me involucraba cada vez más en ellas, aunque sin dejar de moverme y de golpear.

—¡Por favor, basta! —pareció decir intentando zafarse sin éxito alguno, ya que la tenía atrapada entre mis brazos poseyéndola cruelmente. Mis movimientos eran cada vez más fuertes y las imágenes se repetían entre la sangre de las aves, el símbolo, la adolescente abusada, las gallinas, el fuego y hasta la imagen de mi amigo Nito. Estaba sometiendo a una mujer violentamente y sin poder darme cuenta. Desde lo profundo de mi interior surgió una sensación seguida de las ganas de chorrearme dentro de ella. Luego de hacerlo poco a poco las imágenes se fueron disipando hasta recuperar la cordura. Tenía aún mis manos apretando fuertemente la cintura de Karen. Al soltarla todos mis dedos quedaron marcados en su piel. Gateó rápidamente hasta la otra punta de la cama; al mirarla noté sus ojos llorosos.

—¡¡Eres un animal, un enfermo!!

Comprendí que sin darme cuenta la situación se me había ido de las manos. Solo pude pedirle perdón.

—¡Vete a la mierda! —me respondió.

Todo había comenzado muy bien, pero luego no sabía qué había pasado. Sentí que la secta se había apoderado de mí. Nos vestimos y nos retiramos del hotel. Antes de despedirnos volví a pedirle disculpas, obteniendo el mismo resultado:

—¡Vete a la mierda!

# XXXII

Tomé un taxi y regresé a la pensión un tanto avergonzado. Ese comportamiento no era propio de mí, había sucedido sin mi consentimiento ni tampoco el de Karen, por su puesto. Me preguntaba cómo podía haber perdido la conciencia de esa manera, transformándome en una criatura poseída por algún tipo de ente o fuerza satánica. Comprendí de pronto a las personas que había visto aquel día dentro de la secta, bailando y moviéndose de manera extraña difiriendo de un comportamiento normal. No podía verme los ojos en aquella habitación, pero seguramente se manifestaban como los de aquellos seres, desorbitados, perdidos en otra dimensión, y había estado solo una sola vez en el templo; no era difícil de explicar la conducta de aquellos que acudían periódicamente a participar de las ceremonias y de los ritos de la secta.

Me desperté con una resaca importante y el dolor de cabeza no tardaría en llegar. Poco a poco me iba acostumbrando a esa indeseada compañía. Como alguna vez había escuchado el dicho "el fuego se mata con fuego", me serví una medida de *whisky* y comencé con un nuevo día. Por la tarde salí a caminar, a dar unas vueltas, siempre en dirección contraria a la de mi casa. Lo hice por el barrio sin alejarme demasiado. En una de esas vueltas desemboqué en la estación de trenes, aquella en la que en su esquina se encontraba el bar al que concurría Nito. Me acerqué y luego de observar a través de la vidriera, decidí entrar.

—¡Una grapa, por favor! —solicité al cantinero luego de sentarme en uno de sus largos bancos.

A mí alrededor se encontraban tres personas bebiendo sus pálidos líquidos habituales; parecían estar en su mundo, como si hubieran logrado detener el tiempo luego de ingresar a beber en esa cápsula llamada "bar". Yo parecía ser uno más, un nuevo integrante de la exclusiva cápsula del tiempo, solo que mi edad era notoriamente inferior a la de ellos. Cada uno de los integrantes de la cápsula deseábamos poder volver el tiempo hacia atrás para enmendar ciertas cuestiones del pasado. Pero eso no era posible; solo lográbamos detener el tiempo por un instante, quizás algunas horas, para luego agravar el presente y opacar el futuro. Tal vez precisamente eso era lo que yo buscaba: detener el tiempo, sabiendo que el siguiente paso de la secta, su próxima jugada, era mi asesinato. No era alocado suponerlo, ya que no les había temblado la mano para hacer todo lo que habían hecho conmigo.

Tras acabar con mi segundo vaso salí dirigido y sin pensarlo por las calles que conducían hasta mi casa. Esta vez decidí enfrentar el asunto. Cuanto más me aproximaba, más fuerte latía mi corazón. No había vuelto a ese lugar desde aquella trágica noche. Al llegar la imagen que observé me impactó tal cual suponía que lo haría. "Destrucción" fue la primera palabra que vino a mi mente y su significado estaba frente a mis ojos. Los vidrios rotos de las ventanas, la puerta inexistente y las paredes negras así lo denotaban. Decidí no ingresar; de hacerlo, la tortura sería aun mas grande. Solo crucé hacia el frente, donde estaban enterradas mis mascotas. Me detuve junto al lugar y observé la tierra reseca y bien asentada por el tiempo. Recordé a mi viejo amigo y compañero de andanzas, Rengo, y una lágrima cayó sobre su tumba. En ese momento mi teléfono comenzó a sonar. No lo había hecho en mucho tiempo; el número era el del inspector Moreno.

—Hola

—Hola Gabriel, buenas tardes, ¿estaba ocupado?

Su pregunta era un tanto absurda, aunque supe que era una simple cordialidad.

—No, dígame. ¿Qué sucede?

—Bien, quería informarle que dadas las circunstancias, y a lo lejos que ha llegado esta causa, el juez ordenó dos allanamientos protocolares, uno en su domicilio y otro en el de la señora Gladys. Por supuesto que el de su domicilio quedará sin efecto por obvias razones, por lo tanto, solo procederemos al correspondiente en el domicilio de la señora Gladys.

—¿Y eso qué suma a la investigación? —pregunté haciendo notar mi disconformidad.

—Lo sé, no es que vaya a sumar algo; sucede que hay ciertos pasos que cumplir en una investigación, y este es uno de ellos. Es para completar el expediente. Por eso le dije al principio que son allanamientos protocolares.

—Sí, ¡entiendo! —le dije un tanto disgustado y continué—: Para llenar papeles e intentar demostrar que se hizo todo lo posible y de manera correcta a pesar de que no resolvieron absolutamente nada.

—No es tan así —respondió reconociendo en parte mi desacuerdo—. Se está haciendo todo lo necesario por la causa, estos son pasos que siempre se deben seguir.

—Disculpe, pero… ¿su llamado es para informarme sobre esto?

—No, el motivo de mi llamada es para invitarlo a que venga con nosotros; vea, Gabriel… sé que no está teniendo una buena vida y que se está aislando cada vez más y, sinceramente, me preocupa. No es que quiera meterme en sus asuntos, pero quisiera ayudarlo a que salga un poco, a que se distraiga. Se lo comenté a la señora Gladys y quedó encantada de que usted venga con nosotros ya que, según me manifestó, usted no volvió a hablar más con ella; ni siquiera atendió sus llamadas. Usted podría conversar con nosotros y pasar un buen momento de distención, al menos podría servir como un primer paso.

—¿Y cuándo sería eso?

—Mañana mismo, lo pasaríamos a buscar por su ca… por la pensión a las 4 p. m., si le parece.

—Le agradezco su intención y su buena voluntad, pero no.

—Gabriel… déjese ayudar. Sé que no tiene un mejor plan para mañana a esa hora. Conversamos, tomamos un café con la señora Gladys, la cual va a estar muy contenta de verlo, en fin… se distrae un poco.

Lo cierto es que mi agenda se encontraba libre a esa hora, al igual que en las horas siguientes y también para el resto de la semana. Mi agenda estaba completamente en blanco y, después de todo, no me vendría nada mal un paseo, además de una muestra de gratitud a la buena voluntad del inspector y también hacia Gladys, quien había estado pendiente de mí, preocupándose en más de una oportunidad.

—¡Está bien! Páseme a buscar a esa hora que estaré listo.

—¡Bien, así será! Me alegra mucho su decisión.

—Hasta mañana entonces.

—Hasta mañana.

Cortamos la comunicación y luego me retiré a la pensión con la sensación de haber cerrado un buen trato. Si bien no estaba convencido, al menos tenía un programa para el día siguiente, y eso provocaba que mi mente estuviera pendiente de algo y dejara de estar en blanco, sin ocupaciones, sin rumbo y sin destino.

# XXXIII

Eran las 4:03 p. m. cuando el auto del inspector Moreno estacionó en la puerta de la pensión, un Volkswagen Gol color gris oscuro. Esta vez no estaba solo, lo acompañaba su secretario y ayudante, Gerónimo, y a su vez era escoltado por un patrullero con dos oficiales en su interior como parte del procedimiento de un allanamiento protocolar. Me había mantenido sobrio durante todo el día, considerando tener un mejor comportamiento y no hacer ningún tipo de papelón. Además me encontraba muy expectante, ya que era el único programa que tenía en toda la semana, y quizás más. El inspector bajó de su auto para recibirme amistosamente y luego me invitó a subir a la parte de atrás. Antes de hacerlo levanté mi mano y saludé a los oficiales que se encontraban en el patrullero detrás nuestro, quienes respondieron de la misma forma a mi saludo. Al subir, Gerónimo, ubicado en el asiento del acompañante, me estrechó su mano y el auto comenzó a moverse. Durante el viaje reflexioné acerca de cómo se encontraría Gladys. No la había vuelto a ver desde aquella tarde en la que habíamos ido juntos a realizar la denuncia solicitando el paradero de Nito. Mucha agua había corrido debajo del puente desde aquella vez; su estado civil, luego de transcurrir tanto tiempo, era prácticamente el de una viuda. Había sido una buena idea la de mantenerme sobrio, ya que si Gladys necesitaba contención, estaría con todas mis facultades para poder brindársela, sin desbordarme y sin complicar aún más su situación.

Llegamos a la casa y el recuerdo de Nito se hizo presente.

*"Debería ser una visita amena a mi amigo, en cambio solo voy al encuentro de su triste esposa, acompañado de un inspector y un patrullero de escolta"*

Suspiré evidenciando la incómoda situación. El inspector me observó y luego bajó su mirada. A diferencia de un allanamiento convencional, en lugar de tirar la puerta abajo solo tuvimos que tocar el timbre. La puerta se abrió y quien nos invitó a ingresar fue el hermano de Gladys, Facundo.

—Tomen asiento, mi hermana se encuentra en el baño, ya regresa —expresó.

Los oficiales se quedaron de pie mientras el inspector, Gerónimo y yo nos acomodamos en las sillas. Gladys no tardó en regresar para saludarnos afectuosamente.

—¡Me alegro de que estés bien! —me dijo con total entusiasmo. Solo asentí con la cabeza.

—¿Y el pequeño Javier? —pregunté.

—Se lo llevó mi mamá a pasear, así no se asustaba al ver a los policías.

—Me parece muy bien —acoté.

—En cuanto al allanamiento, tal cual le adelanté por teléfono, va a ser sumamente protocolar, sin molestar demasiado, ni mucho menos incomodar —le aclaró el inspector a Gladys.

—No hay problemas, sin romper nada, pueden revisar lo que quieran.

—Quédese tranquila, le di órdenes a los oficiales de que solo revisen superficialmente, sin entrometerse demasiado.

—Bueno entonces que comiencen cuando quieran, mientras voy preparando algo para tomar, ¿prefieren té, café…?

—Té para mí —contesté.

—Para mí podría ser un café —continuó el inspector.

—También para mí —solicitó Gerónimo.

—Perfecto, ¿y los oficiales?

—Está bien Gladys, no se moleste —dijo el inspector.

—Para nada, no es ninguna molestia, además están trabajando. ¿Qué desean tomar?

—Un café estaría bien señora, gracias —respondió el primero.

—Lo mismo para mí —acotó el segundo.

—Ok, mi hermano está en su habitación, por lo tanto, prepararé para nosotros seis.

Los oficiales, lentamente y con mucho cuidado, comenzaron a revisar la casa. A Gladys se la veía muy bien, distendida, alegre, diferente de cómo la había visto la última vez, incluso distinta a como la había escuchado en la última conversación telefónica que habíamos tenido. Preparó la mesa, llenó las tazas con las infusiones y luego colocó una fuente de gran tamaño llena de *scons*.

—Yo misma los preparé para ustedes —exclamó.

—No se hubiera molestado— dijo el inspector mientras tomaba uno de ellos.

Gladys le hizo una seña a los oficiales invitándolos a que probaran su preparación. Charlamos sobre diferentes temas, pero ninguno de ellos era sobre la desaparición de Nito. La situación se parecía más a una merienda familiar que a un allanamiento. Los oficiales revisaban los muebles, abrían sus cajones, hurgaban en el interior de los libros, siempre con mucho respeto y cuidado. Luego de un rato fue Gladys quien hizo la primera pregunta sobre el tema en cuestión.

—¿Hay alguna novedad, algún avance en la causa?

—La verdad, nada concreto, pero seguimos buscando —respondió el inspector.

—Está bien, yo confío en la Justicia.

Los oficiales pidieron permiso para registrar las habitaciones y Gladys accedió sin inconvenientes. Luego de unos instantes uno de ellos regresó.

—No encontramos nada, todo está ok, pero hay una puerta del placar que no se abre.

—Sí, la de las llaves —contestó Gladys rápidamente y continuó—: Ahí dentro guardo mis libros y cuadernos de cuando iba a la universidad. Siempre estuvo cerrada con llave, y hace un tiempo que las perdí y no puedo encontrarlas, por lo que para abrirla abría que romperla, si es necesario, claro.

El inspector intercedió inmediatamente.

—No, no es necesario, continúen con el resto.

—Ya registramos todo, solo resta el fondo de la casa —respondió uno de ellos.

—En ese caso podemos ir todos, quisiera que vean mi jardín… Lo diseñé yo misma con mucho amor.

—Cómo no Gladys, sería un honor —dijo el inspector.

Nos dirigimos los seis hacia el fondo de la casa. La puerta de ingreso estaba cerrada con llaves. Gladys sacó un manojo de su bolsillo, colocó en la cerradura la indicada y la puerta se abrió sin inconvenientes.

Eran cerca de las 6 p. m. de una tarde realmente agradable. El jardín era precioso. Había en él plantas con flores de distintos tamaños y colores; no conocía el nombre de cada una de ellas, pero creo que estaban todas, al menos todas las que se conseguían en un vivero convencional. Todo el jardín se encontraba exageradamente lleno de flores, lo que provocaba una visual muy colorida y agradable, en sintonía con aquella tarde. Sobre el fondo de la casa descansaba el galpón en el que el suegro de Nito guardaba sus herramientas. El inspector indicó a los oficiales que revisaran dentro de él. Había mucha tierra removida, claro, Gladys cuidaba todos los días de su jardín, reemplazando y agregando plantas nuevas. Caminé unos metros y observé una pala de punta apoyada sobre una pared. Me quedé observándola un instante; aún tenía restos de barro pegado. El inspector y Gladys conversaban jovialmente mientras los oficiales salían del galpón indicando que todo estaba ok.

—Ya terminamos.

—Entonces esperen afuera que ya salimos —dijo el inspector. Luego se dirigió a Gladys—: Disculpe por las molestias ocasionadas, y gracias por su colaboración. Ahhh, y los *scons* estaban deliciosos.

—Muchas gracias, ¡no fue ninguna molestia! Pueden venir cuando quieran.

Regresamos atravesando el largo comedor hasta llegar a la puerta de entrada. Durante todo el trayecto el inspector y Gladys iban conversando amistosamente sobre temas ajenos a la causa. Hablaban y hasta reían de cosas poco importantes, al menos para mí.

Siempre me llamó la atención y hasta admiré a las personas que trabajan y conviven con situaciones dramáticas, como por ejemplo los médicos, que conviven a diario rodeados de gente enferma, lastimada, sufriendo y hasta gritando de dolor, y ellos conversando y riendo sin que les afecte; como si nada de eso estuviera sucediendo, coqueteando con una doctora o con una enfermera mientras un paciente se está muriendo en ese preciso instante en la habitación de al lado.

Lo mismo sucede en las casas velatorias: mientras el difunto es velado durante toda la noche y sus familiares sin consuelo lo acompañan, los empleados de la funeraria juegan a las cartas, fuman, toman *whisky*, conversan de fútbol, de mujeres y de temas relacionados con sus cotidianas vidas sin inmutarse por el llanto ni por los gritos de los familiares del difunto que se encuentra en la sala continua. Lo mismo sucede con los bomberos, con los policías y hasta con los curas. Claro está que ese es su trabajo y no tienen por qué involucrarse ni comprometerse emocionalmente con lo que está sucediendo a su alrededor; de hecho, así es como debiera ser, de lo contrario, no podrían seguir ejerciendo su oficio o profesión.

Recordé que en el velatorio de mi padre yo estaba triste pero entero. El cura que se encontraba en la casa velatoria vino hacia mí, sabiendo quién era yo, tal vez para consolarme, para darme una palabra de aliento o simplemente para hablarme de Dios. Recordé que era un cura muy mayor, su rostro se encontraba completamente arrugado por el paso del tiempo y su cabeza calva solo mostraba vestigios de una blanca cabellera. Vestía una sotana de color negro con detalles morados y llevaba consigo una paz y una tranquilidad como solo ellos saben tener. Yo estaba emocionado; hasta ese momento me había costado mucho poder dialogar con uno de ellos: había que encontrar alguno disponible y desocupado dentro de una iglesia, sin que este estuviera dando una misa o confesando. Justamente esos eran los únicos momentos en los que podía verlos dentro de una iglesia, pero esa vez el sacerdote se había acercado a mí disponible y sin que yo lo buscara.

"¿Cómo estás, hijo? Mi nombre es Mario", me dijo. Le respondí que estaba bien y, sabiendo del motivo por el cual se acercaba a mí, continué: "Son momentos que hay que pasar; nadie quiere que lleguen, pero todo el mundo sabe que tarde o temprano llegan. Eso da cierto tiempo para prepararse, años, quizás toda una vida, sin embargo, cuando ocurre, uno no logra atender por qué sucedió". "¡Así es, hijo! —me respondió—. Me conmueven tu entereza y tu sabiduría. Los planes del Señor algunas veces son difíciles de comprender, solo él los conoce. Son misterios que solo él puede develar; como, por ejemplo, cuándo debe nacer una persona, y cuándo esta debe marcharse; pero lo que sí te puedo asegurar es que sus planes son confeccionados y ejecutados a la perfección para el bien de todos sus hijos, que somos nosotros".

Había dicho esas palabras tomándome de un hombro, provocando que cayera rápidamente una lágrima sobre mi rostro. Con voz entrecortada y haciendo un gran esfuerzo por no quebrarme le contesté: "¡¡Gracias padre!! —y tomando ánimo, continué—: Imagino que tampoco debe ser sencillo para usted ver a tanta gente sufriendo, y teniendo que consolarlos a todos". "¡Claro que no es sencillo!, pero estamos preparados para eso, el Señor nos da fuerzas todo el tiempo; de lo contrario no podríamos continuar", explicó y, acto seguido, comenzó a contarme una anécdota que no olvidaré por el resto de mis días. No la olvidaré por la crudeza de la situación, pero también por la entereza del viejo sacerdote en aquel momento.

Su tarea era asistir temprano a la mañana a determinada casa velatoria para ofrecer unas breves palabras a los familiares antes de cerrar el ataúd y trasladar el cuerpo hacia el cementerio. A menudo ese es el momento más crítico. Algunos familiares no asumen que ya no van a ver más a su ser querido hasta ese preciso momento. Como si durante el velatorio estuvieran tranquilos de saber que su ser querido aún está con ellos, durmiendo en una habitación, dentro de un cajón. Van hacia el cuarto de estar, conversan con algún otro familiar, van a la cocina, toman un refresco, van al baño, todo con absoluta normalidad, sabiendo que en la sala contigua se encuentra acostado su ser querido. Pero todo eso se esfuma de repente cuando llega el inevitable momento en el que el sacerdote da las últimas palabras para luego, de forma inminente, cerrar el ataúd, dejando al difunto tapado para siempre. Es ahí cuando estalla la bomba, y aquellos que supuestamente habían entrado totalmente en razón, quizás por un aparente estado de *shock*, pues ahí es cuando explotan.

Una buena mañana al padre Mario le tocó asistir a una casa velatoria en donde se velaba a una niña de nueve años. Todas las personas son queridas, al menos para sus familiares, amigos y quienes lo acompañan en su última morada, pero cuando se trata de un niño, la situación se multiplica cientos de veces. Es entonces cuando el asunto se pone realmente difícil. Y ahí estaba el padre Mario para dar las últimas palabras. El personal de la casa velatoria le había advertido al llegar que durante la noche la situación había sido bastante tensa; mucha gente había concurrido, entre ellos, muchos niños compañeritos de la escuela. También le informaron que habían tenido que llamar a la ambulancia varias veces, ya que algunas personas se habían desmayado apenas con verla y otros, luego de llorar durante varias horas sin consuelo, habían caído rendidos en medio de la sala.

El momento había llegado y el sacerdote estaba listo. Comenzó con algunas oraciones y luego continuó expresando la palabra de Dios, en la que prometía la paz eterna par aquel angelito de nueve años. Todos escuchaban atentos entre sollozos; la sala velatoria estaba colmada, el cura nunca había transpirado tanto en su vida. Luego de finalizar su discurso, se le acercó el padre de la niña, lo tomó del brazo y le dijo: "Padre, mi hija va a tener frío por las noches, ¿puedo ir a buscar una manta a mi casa para cubrirla? ¡Solo vivo a unas cuadras de aquí!" El sacerdote, aún transpirando, lo observó con mucha ternura, quizás la misma con la me observaba a mí, y le contestó: "Claro hijo, ve a buscarla tranquilo, yo te espero." Para cuando terminó de contarme la anécdota, no me había caído una, sino varias lágrimas; me cubrí el rostro con mis manos mientras el padre Mario acariciaba suavemente mi cabeza.

Es por eso que al escuchar reír al inspector Moreno, e incluso a su ayudante, Gerónimo, no me sorprendió en absoluto su actitud, todo esto era solo parte de su trabajo, pero escuchar que lo hicieran Gladys y Facundo... Eran esposa y cuñado de Nito respectivamente, sin embargo, para ellos su desaparición resultaba tan natural que había comenzado a molestarme. Sentí que algo no andaba bien, solo que no sabía qué, ni cómo ni por qué, pero definitivamente algo no andaba bien. Comenzaron a venir a mi mente frases de mi amigo, conversaciones, charlas que habíamos tenido y que habían pasado desapercibidas hasta ese momento, pero que ahora venían hacia mí todas juntas atormentándome, y no entendía el porqué, ni tampoco el momento ni el lugar.

"A mi mujer no le gusta que toque la guitarra"...

"Tengo que estar temprano en casa, antes de que llegue mi señora y se enfade"...

"Tomo un poco de vino y me hace mal, al rato tengo que ir al baño urgente para hacer diarrea con espuma"...

"Mi hermana no se hablaba con mi mujer, decía que era una bruja"...

"No tengo espacio en el placard, están todos los compartimientos ocupados con ropa de mi señora, mía y del nene; solo hay una puerta libre que está cerrada con llave, y es donde mi mujer guarda sus libros de la facultad"...

"La familia no se elije, simplemente... te toca"...

"En el barrio no se saluda con nadie, ella es de poco salir; más bien le gusta pasar tiempo con su madre"...

"Algunas tardes me pide que lleve al nene a pasear porque le duele mucho la cabeza y necesita estar sola"...

"Ando con un problema grave".

Me detuve mientras ellos continuaban caminando y riendo. Dieron unos pasos más.

—¿Le sucede algo? —me preguntó el inspector al voltearse y notar que yo no caminaba junto a ellos.

Mi cabeza estaba inclinada hacia abajo, como buscando respuestas en el suelo. Lentamente comencé a levantarla. Mi mirada estaba perdida. Enfoqué a lo lejos, hacia el cielo, y dije:

—¡¡Rengo!!

—¿Cómo? —preguntó el inspector asombrado y en tono seco. Su mirada era como la de alguien que observa a una persona que desvaría, o que dice cosas sin sentido. Sin alejar la mirada hacia el cielo, repetí:

—¡¡Rengo!!

—¿Qué le sucede, Gabriel? —volvió a preguntarme el inspector, esta vez con una mirada más profunda y reflexiva, entendiendo que quizás no fuera ningún disparate lo que acababa de decir, aunque solamente yo sabía de lo que hablaba.

Los recuerdos vinieron a mi mente y la sacudieron de tal manera que pude descifrar lo que estaba mal. Esta vez miré fijo al inspector y en forma entrecortada le dije:

—¡Volvamos al fondo!

—¿Qué? —dijeron al unísono Gladys y el ayudante, Gerónimo.

—El inspector y sus hombres se tienen que ir, van a ser las 6 —dijo Gladys. El reloj marcaba las 5:20.

—Sí, de hecho yo tengo compromisos —dijo Gerónimo—. Además ya hemos revisado el fondo de la casa y está todo en orden —continuó.

El inspector Moreno me observó nuevamente, como pidiéndome una explicación a tan inoportuna sugerencia.

—Inspector —le dije en voz baja—, si lo que creo es cierto, la pesadilla terminó.

Gladys pareció escuchar esto y se disgustó.

—¡El allanamiento terminó! —dijo en forma prepotente al inspector—. Yo soy la dueña de casa y exijo que se retiren.

—Señora Gladys —le contestó suavemente Moreno—, la orden de allanamiento no posee hora de finalización, solamente termina cuando ya no hay más nada que allanar. Espere un segundo —le dijo, y me apartó unos metros.

—¿Qué es lo que supone? Espero sea importante.

—¡Mi amigo Nito nunca fue encontrado, ni tampoco sus restos! Se lo buscó por todos los sitios pensados e impensados: afiches en las calles, búsqueda profunda por todo el territorio nacional por parte de la Policía… Lo buscaron las asociaciones de búsqueda de personas desaparecidas, se pidió colaboración a la población a través de la televisión, revisaron los ríos, los riachos, los basureros, se lo buscó en hospitales, en asentamientos, en villas de emergencia y quién sabe en cuántos lugares más, pero quizás él y sus restos siempre estuvieron aquí, en su propio domicilio.

—¡Explíquese, por favor!

Ya sin rodeos, le dije directamente:

—¡Creo que Nito ha sido enterrado en el fondo de esta casa, más precisamente, en el jardín!

La firmeza con la que pronuncié estas palabras sorprendió al inspector.

—Pero… ¿Está seguro? ¿Qué le hace pensar eso?

—Digamos que tengo algo de experiencia en tierras removidas, y estoy dispuesto a cavar yo mismo si es necesario. En definitiva, si me equivoco, no perdemos nada, ¿no? Digamos que es parte de la búsqueda y de la investigación. Es más, si por no estar en lo cierto decide meterme preso, poco me importa, de hecho, vivo atormentado desde que todo esto comenzó, y eso fue hace mucho tiempo.

Mis palabras parecieron convencer al inspector. Pensó durante unos segundos y luego dijo:

—Bien… ¡Hagámoslo!

Se acercó a Gladys y a Gerónimo, quienes conversaban tranquilamente pensando que el inspector Moreno no me haría caso y que solo me había apartado unos metros para decirme que dejara de hablar pavadas, terminando así con el allanamiento protocolar.

—Bien, vamos a realizar una última inspección en el jardín y terminamos.

—¿Una última inspección…? Si ya revisaron todo —se indignó Gladys.

—Una última en el fondo de la casa, vamos a remover la tierra.

Cuando Moreno pronuncio esas palabras, Gladys se transformó. Comenzó a levantar la voz y, seguido de eso, a insultarme. Sus ojos se transformaron en unos llenos de ira y cólera; parecía una vampiresa a la que le habían mostrado un crucifijo para luego bañarla en agua bendita. Los dos oficiales que esperaban en la vereda de la casa ingresaron inmediatamente al escuchar sus gritos. Desorbitada, y moviéndose de un lado a otro, gritaba y amenazaba.

—¡¡Te voy a matar!! ¿Quién te crees que eres?

Los oficiales la tomaron rápidamente uno de cada brazo, haciendo un gran esfuerzo por contenerla. Nunca había visto semejante furia en un ser humano, y toda era volcada hacia mí. El inspector ordenó que esposaran a la mujer y que la subieran al patrullero hasta ver qué sucedía.

Sin que nos diéramos cuenta Facundo, al ver que la situación se ponía oscura, salió caminando de la casa para luego escapar. Yo continuaba en una especie de trance, por lo que no pude darme cuenta de ese detalle; tampoco el inspector, quien me había apartado unos metros para pedirme una explicación. Fue en ese momento cuando aprovechó para darse a la fuga. Los oficiales que se encontraban fuera de la casa lo vieron salir sin darle mayor importancia, ya que el allanamiento había concluido sin ningún resultado y sin ningún tipo de inconvenientes como para retenerlo; probablemente hasta saludó naturalmente a estos al salir de la vivienda para luego desaparecer.

Nos dirigimos con el inspector hacia el fondo, donde se encontraba el jardín. Al llegar noté que seguía apoyada contra la pared la pala de punta. Nos miramos y le dije:

—Yo lo hago, después de todo, soy el más interesado.

—¡No terminaría nunca! —reflexionó y continuó— Noto que los vecinos también tienen fondos y jardines en sus casas.

Ordenó a los oficiales que pidieran cuatro palas a los vecinos de la cuadra, quienes por supuesto accedieron gentilmente, ya que se trataba de dos oficiales de la Policía; quizás nunca se imaginaran para qué les solicitaban prestadas sus palas de punta. Una vez reunidas las cinco herramientas comenzamos a excavar. Al hacerlo no quedó otra que estropear el colorido jardín, colmado de plantas y flores, que tan bien cuidado se veía. La tierra se encontraba húmeda y blanda: Gladys regaba a diario su jardín y eso facilitó la excavación. Cada uno en un extremo, comenzamos a profundizar. Todo era silencio. Solo se escuchaba el sonido de las palas penetrando en la tierra. También escuché algunos gruñidos de Gerónimo, quien deseaba irse temprano, además de que le parecía un disparate el accionar. En cuanto al resto, era toda expectativa.

Comenzaron a formarse las primeras gotas de sudor en mi frente, pero esta vez no se mezclaban con lágrimas. Me encontraba tranquilo, sereno, sabiendo que de no encontrar ningún rastro, ninguna pista, nada peor de lo que me había sucedido podía sucederme. Mi reloj marcaba las 7:20 p. m. Comenzaba a oscurecer y quizás no encontráramos nada, aunque yo sabía que algo había descubierto, de lo contrario, no habría necesidad alguna de que Gladys se comportara de esa manera; además, Facundo se había retirado justo en el momento en el que la cosa se complicaba y sin que nadie lo hubiera notado.

Claro que de no hallar absolutamente nada todo sería en vano; sin prueba alguna, nada tendría sentido. Facundo podría alegar que solo había ido a comprar cigarrillos sin tener por qué dar explicaciones a nadie, y Gladys podría decir que su comportamiento se había debido al estrés que le había provocado el allanamiento, a que estaba agotada y a que quería descansar, habiéndose visto amenazado su descanso por mi entrometida petición. Todo argumento sería válido para ellos si no encontrábamos nada, pero la revelación que había tenido era tan clara como la realidad misma. Además, ya me había involucrado demasiado y poco me importaban las consecuencias.

Eran cerca de las 8 p. m. cuando el oficial que se encontraba excavando en uno de los extremos del jardín exclamó:

—¡Oh, Dios mío!

Todos lo escuchamos, aunque yo no procedí a acercarme. Solo clavé fuertemente la pala y esperé. El inspector Moreno se acercó al oficial junto a Gerónimo, luego me miró y asintió con la cabeza. Sentí una mezcla de emociones: dolor, bronca, odio, tristeza, alivio, todo eso junto. Caminé sin mirar los restos y a paso lento me fui retirando de la casa. Al llegar a la puerta, dentro del patrullero se encontraba Gladys. La miré a los ojos y le hice un gesto de negación con la cabeza, como diciendo: "Cómo pudiste hacer esto". Ella me miró con sus ojos inyectados en fuego. Desvié la mirada y seguí camino hacia la pensión.

# EPÍLOGO

Un señor sentado en un banco de la plaza principal de General San Martín fumaba plácidamente su pipa. Inmediatamente pude identificarlo a pesar de estar de espaldas a mí. Una semana había transcurrido luego de aquel fatídico día.

—¡Buenas tardes, inspector! —exclamé.

—Buenas tardes, Gabriel. Gusto en verlo —respondió y me invitó a sentar.

Durante la semana la noticia había circulado por todos los medios gráficos, televisivos y radiales. Le conté que no había salido de la pensión hasta ese

momento, ya que afuera me esperaban algunos periodistas ansiosos por hacerme una nota. Tampoco me había interesado leer los diarios ni ver la televisión. El inspector me agradeció por haber tenido esa especie de corazonada, y me confesó no tener ninguna pista clara y que, por lo tanto, el caso estaba a punto de cerrarse sin ser esclarecido.

—¿Qué fue lo primero que vio el oficial? —curioseé.

—Una zapatilla. La removió con la pala y notó que se encontraba calzada en el pie de un cadáver.

—Ok, no quiero saber más.

El inspector detuvo el relato en seguida y luego continuó:

—Aunque sí va a querer saber sobre los motivos del asesinato de su amigo.

Lo miré firme a los ojos demostrando intriga.

—Luego del interrogatorio que personalmente ejercí a la señora Gladys, no tuvo más remedio que confesarlo todo. Tanto ella como su madre y su hermano, los cuales por el momento continúan prófugos, practicaban ritos satánicos y pertenecían a una exclusiva secta de origen internacional.

Recordé a los seis encapuchados que había visto en el templo sin haber podido distinguir sus rostros. La piel se me puso de gallina al pensar que quizás Gladys era una de ellos, observándome todo el tiempo sin que yo lo supiera.

—Forzamos la puerta del placar que no se abría y encontramos dentro varios ejemplares de libros macabros, algunos de ellos escritos con sangre. Al parecer su amigo descubrió algo que no tenía que saber, perteneciente a los orígenes de la secta y a sus más preciados secretos. Dentro del compartimiento encontramos también su celular, su mochila y un frasco con arsénico.

—¡Eso explica algunas cosas! —dije reflexionando.

—¿A qué se refiere?

—No importa, yo me entiendo.

—Las pericias de los médicos forenses revelaron que lo tuvieron encerrado durante un tiempo y…

—Esa parte quisiera evitarla —interrumpí

—Tiene razón, disculpe. Quisiera hacerle una pregunta.

—Cómo no —le dije

—¿Alguna vez sospechó de ella?

—¡Jamás! Era su familia, se llevaban bien, no tenía motivos para cometer esta locura; de hecho, en mi lista de sospechosos ni siquiera aparecía, o figuraba en todo caso aun detrás de mí.

—¿Cómo es eso?

Sonreí.

—Nada no importa, solo es una fantasía que surgió en mis noches de encierro.

—Evidentemente era una familia macabra perfectamente encubierta —acotó.

—¡Sin dudas!

—¿Qué le parece si vamos a tomar un café? Yo invito.

—Le agradezco la invitación inspector, pero tengo algo importante que hacer.

—En ese caso, lo dejamos para la próxima

—Ok —respondí.

Nos dimos un fuerte abrazo de despedida y volvió a agradecerme. Me quedé un instante observando cómo se alejaba, cada tanto introduciendo la pipa en su boca y echando humo.

Un colectivo en pocos minutos me dejó en la puerta del cementerio de General San Martín. Lo curioso era que la última vez que había estado en ese lugar había sido en compañía de Nito, visitando la tumba de su hermana, y esta vuelta él ya se encontraba dentro. Pregunté en la entrada por la ubicación de su tumba y en seguida me indicaron.

—Sección 23, tablón 8, tumba 634.

Al occidente el cielo se estiraba en bandas rojas y anaranjadas. Luego de unos minutos de búsqueda me encontré frente a la tumba de mi amigo. Su lapida rezaba:

*Roberto Beltrán*
*1965-2012*
*Nunca te olvidaremos.*

Su madre había estado de visita; las frescas flores así lo denotaban. Me acerqué para apreciar lo inevitable. Otra vez tierra removida, otra vez sepultura, otra vez un ser querido debajo de ella. El recuerdo de Nito vino a mi mente y lágrimas brotaron de mis ojos cayendo sobre su tumba. La historia volvía a repetirse pero, al menos… esta vez mi amigo descansa en paz.

# NOTA DEL AUTOR

La novela *Buscando entre las tumbas* corresponde a una obra de ficción; ningún personaje, al igual que ninguna situación, pertenecen a la realidad.